Mel Wallis de Vries

# Wer den Kürzeren zieht

## Weitere Titel der Autorin:

Da waren's nur noch zwei
Schnick, schnack, tot
Mädchen versenken
Mädchen, Mädchen, tot bist du
Wer sich umdreht oder lacht …
Ich sehe was, was du nicht siehst
Himmel oder Hölle

## Über die Autorin:

Mel Wallis de Vries, geboren 1973, ist in den Niederlanden DIE Autorin für Psychothriller im Jugendbuch. Ihre Titel finden sich regelmäßig auf den Bestsellerlisten wieder und werden von Jugendlichen wie Erwachsenen gerne gelesen, wie die verschiedenen Preise beweisen, mit denen die Bücher der Autorin ausgezeichnet wurden.

Mel Wallis de Vries

# Wer den Kürzeren zieht

Übersetzung aus dem Niederländischen von Verena Kiefer

one

Dieser Titel ist auch als E-Book erschienen

MIX
Papier | Fördert gute Waldnutzung
FSC® C014496

Die Bastei Lübbe AG verfolgt eine nachhaltige Buchproduktion. Wir verwenden Papiere aus nachhaltiger Forstwirtschaft und verzichten darauf, Bücher einzeln in Folie zu verpacken. Wir stellen unsere Bücher in Deutschland und Europa (EU) her und arbeiten mit den Druckereien kontinuierlich an einer positiven Ökobilanz

Titel der niederländischen Originalausgabe:
»Kansloos«


Umschlaggestaltung: © Cornelia Niere, München
Satz: 3w+p GmbH, Rimpar
Gesetzt aus der Adobe Caslon Pro
Druck und Einband: GGP Media GmbH, Pößneck

Printed in Germany
ISBN 978-3-414-0158-7

5 4 3 2 1

Sie finden uns im Internet unter one-verlag.de
Bitte beachten Sie auch luebbe.de

»When people make judgments, they close all the possibility around them.«

Jeff Koons

Okay, vielleicht ist es ja ganz nett, mit einer Frage anzufangen. Betrachte es ruhig als Spiel: *Hast du schon mal ...?*
Hast du schon mal eine Spinne unter einem Glas gefangen? Und dann mithilfe eines Zeitraffer-Videos beobachtet, was danach passierte? Erst merkt die Spinne nichts. Sie sitzt ein wenig blöd herum und starrt vor sich hin. Nach einer Weile bekommt sie Hunger und macht sich auf die Suche. Sie klettert an den glatten gläsernen Wänden hoch, läuft immer dieselbe Runde, kann aber den Ausgang in die Welt auf der anderen Seite des Glases nicht finden. Je mehr sie sich anstrengt, desto hoffnungsloser wird sie. Schließlich stirbt die Spinne immer innerhalb von ein oder höchstens zwei Tagen. Und weißt du, warum? Nicht, weil sie nichts zu fressen hat, denn eine Spinne kann wochenlang ohne Beute überleben. Sondern, weil die Spinne selbst nicht mehr daran glaubt, dass es besser wird. Sie gibt auf. Faszinierend, nicht wahr?
Und jetzt stell dir mal vor, du bist diese Spinne.

Ich erinnere mich nicht mehr so genau, wann es uns wirklich klar wurde. Erst lachten wir noch darüber. Entschuldige mal, was ist das denn für eine bekloppte Nachricht? Das ist doch ein dummer Scherz, komm schon! Wir wollten es alle nicht glauben. Konnten es nicht glauben.

Ich schätze, erst als Vincent kam, nahmen wir es ernst.

Ich stand am Fenster und sah ihn als Erste. Seine Jacke war offen und sein Hoodie dunkelrot vor Blut. Er stolperte an der Sitzkuhle vorbei, durch den Sand auf die Haustür zu. Mit den Fäusten hämmerte er gegen das Holz. Und dann brach er zusammen und blieb wie ein angeschossenes Tier liegen.

Es hätte mich nicht gewundert, wenn er tot gewesen wäre.

„Wir müssen ihm helfen!“, rief Lizzy.

Daniel fuhr sie an, wir sollten keine übereilten Entscheidungen treffen. Schließlich hätten wir ja keine Ahnung, wer der Kerl war und woher er kam.

Doch Lizzy hörte nicht auf ihn und rannte zur Haustür.

„Bist du verrückt geworden?“, rief Daniel noch, doch sie hatte den Jungen schon unter den Achseln gepackt.

Wir trugen ihn ins Haus und legten ihn vorsichtig aufs Sofa. Ich weiß noch, dass ich dachte: Sollten wir nicht lieber erst einen Müllsack auf die Couch legen? Aber ansonsten schien sich niemand wegen eventueller Blutflecke auf den Polstern Gedanken zu machen.

„Alle Abstand halten!“, rief Daniel.

Wir taten, was er sagte.

Nach einigen Minuten ächzte der Junge auf dem Sofa und murmelte etwas Unverständliches.

„Kannst du das noch mal wiederholen?“, fragte Daniel.
„Etwas …“, flüsterte er. „Draußen …“
Und dann wurde es still.
Man könnte sagen, dass unsere Geschichte genau in diesem Moment begann. Oder endete.

# I

# STUNDEN: 0

Ich habe eine Schwäche für Züge. Diese warme, schaukelnde Welt aus gelblichem Neonlicht voller Menschen, die du nicht kennst, von denen du dir jedoch ein Bild machen kannst: durch die Kleidung, die sie tragen, die Gespräche, die sie führen, und die Art von Brötchen, die sie am Kiosk gekauft haben. Stell dir mal vor, der Zug würde jetzt entgleisen – dann wärst du auf diese Gruppe unbekannter Menschen angewiesen. Wer würde eine führende Rolle einnehmen, wer würde vor Angst durchdrehen, wer eigene Entscheidungen treffen? Ich stelle mir immer vor, ich würde dann versuchen, möglichst viele Menschen zu retten, auch wenn das vielleicht mein eigenes Leben in Gefahr bringen würde. Während so einer Zugfahrt kann ich endlos herumfantasieren.

Und dann gibt es noch die Welt auf der anderen Seite des Fensters, wo Autos, Bäume und Häuser verschwommen vorbeiflitzen. Verrückterweise sieht man fast nie Menschen. Und doch weiß man, dass sie da sein müssen. Jeder Mensch in diesem Zug hat jemanden in dieser anderen Welt, diese Leute können nicht plötzlich verschwunden sein. Doch es fühlt sich wie ein Paralleluniversum an. Etwas, das es nicht gibt, wenn man im Zug sitzt.

Nur in einem einzigen Moment begegnen sich diese Welten: wenn der Zug an einem Gleis hält und sich die Türen kurz öffnen.

»Anne!«

»Hä, was?« Ich schaue erschrocken auf und drehe den Deckel auf meine Wasserflasche.

»Träumst du?« Maxime zieht eine Augenbraue hoch. »Guck mal auf dein Handy. Ich habe etwas für dich entdeckt.«

»Oh, sorry«, murmele ich und sehe, dass ich jede Menge Nachrichten von Maxime bekommen habe.

Ähem, Anne? 😊

Anne!

Anne!

Anne!

Wenn du jetzt nicht reagierst, lösche ich dich. 😬

Ich muss grinsen und tippe zurück:

Himmel, gehst du dir nicht manchmal selbst auf die Nerven? 😛

Nein 😘

Guck mal links von dir, drei Sitze weiter am Fenster.

Ich drehe den Kopf. Ein Junge mit blonden Haaren und AirPods schaut nach draußen.

Wow, der hat echt was! 

Ich würde mich ranschmeißen.

Aber du hast einen Freund.

Nichts ist für die Ewigkeit … 

Max!

Ein Mädchen setzt sich neben ihn. 

Fuck!

Sie nimmt seine Hand …

Warum suchst du immer die falschen Jungs für mich aus? 

Uppps. ♥♥♥

Mit einem Grinsen legt Maxime ihr Handy neben sich. »Noch fünf Minuten, dann sind wir in Eindhoven.«

»Hast du eine Adresse?«

»Nein, meine Mutter hat auch schon gemeckert. Aber ich weiß, wie wir hinkommen. Wir müssen die Buslinie 18 nach

Riethoven nehmen und dann ein kleines Stück nach Walik laufen. Schon sind wir da.«

»Klingt großartig.«

»Jetzt hör doch mal auf mit diesen sarkastischen Bemerkungen, es wird bestimmt super.« Aus Maximes Blick kann ich nicht herauslesen, ob sie wirklich verärgert ist oder nicht. Sie pustet eine blonde Strähne aus ihrem Gesicht, und die Sommersprossen auf ihrer Nase bewegen sich, als sie eine Grimasse zieht. Ich kenne sie schon lange, deswegen weiß ich auch, dass sie in einem fort an Kleinigkeiten herumkritisieren kann, weil sie immer denkt, sie hätte recht.

Ich sitze sowieso nur hier, weil Maxime mich mehr oder weniger dazu genötigt hat. Sie hat mich in einer Pause in der Schule überredet. »Das wird toll. Du musst einfach mit, sonst hockst du die ganzen Ferien über allein mit deinen Eltern zu Hause und grübelst in deinem Zimmer vor dich hin. Und ohne dich erlaubt meine Mutter es mir nicht.«

Das war also der eigentliche Grund, schoss mir durch den Kopf.

Wenn ich auf etwas keine Lust hatte, dann auf eine Diskussion mit Maxime in einer überfüllten Aula. Ich wollte nicht, dass sie Dinge herausposaunen würde, die keiner hören sollte. In den vergangenen Monaten hatte ich versucht, möglichst unsichtbar zu sein und nicht aufzufallen. Um alles zu vergessen … Damit Maxime mit der Drängelei aufhörte, habe ich also gesagt, ich würde mitfahren.

Ich rutsche tiefer in meinen Sitz. »Wann kommt der Rest?«

»Oh, die sind schon da. Lizzy ist heute Morgen schon früh mit ihrem Cousin und dem anderen Jungen von Utrecht losgefahren. Sie sind inzwischen …«

Maximes Handy piepst, und sie ist sofort abgelenkt.

»Warte kurz«, murmelt sie. Ihre Daumen fliegen nur so über das Display. »Ich muss Mick schnell etwas zurückschicken. Sonst merkt er was.«

»Was? Wovon redest du?«

Sie tut so, als würde sie mich nicht hören.

Bevor ich weiterfragen kann, wird durchgesagt: »Der nächste Halt ist Eindhoven, die Endstation dieses Zuges. Bitte denken Sie beim Aussteigen an Ihre persönlichen Gegenstände.«

Es ist, als würden plötzlich alle aufwachen. Leute stehen auf, nehmen ihr Gepäck und bewegen sich zum Waggonende. Die Durchsage des Schaffners geht im Stimmengewirr unter.

Auch Maxime steht auf. Sie steckt ihr Handy in die Jackentasche und schenkt mir ein schiefes Lächeln. *Wir reden später weiter*, sagt es mir.

*Hm, na dann*, denke ich.

Ich trinke noch einen Schluck Wasser und stopfe die fast leere Flasche in meinen Rucksack zurück. Mit unserem Gepäck zwängen wir uns durch den schmalen Gang nach vorn. Der Zug kommt mit einem Ruck zum Stillstand. Während sich die Türen aufschieben, starre ich zögerlich hinaus. Plötzlich bin ich so müde. Ich will das alles gar nicht. Ich will zurück.

Maxime versteht es nicht und zieht mich am Jackenärmel nach draußen.

»Hallo, was machst du denn da? Du blockierst den Ausstieg.« Kopfschüttelnd schaut sie mich an.

»Ich, äh … Ich dachte, ich hätte mein Handy im Zug liegen lassen«, denke ich mir aus. »Aber zum Glück habe ich es hier.« Ich klopfe auf meine Jackentasche.

»Schön, dann gehen wir jetzt zum Busbahnhof.« Maxime

gestikuliert in Richtung Rolltreppe. »Und hörst du jetzt mal auf, so mürrisch zu gucken?«

»Sei nicht so gemein.«

»Es ist die Wahrheit.« Sie streckt mir die Zunge heraus und geht los.

Ich folge ihr eilig. Unten bahnen wir uns einen Weg durch die Massen in der Bahnhofshalle. Maxime erzählt, dass sie für den Abend eingekauft habe, für ein Nudelgericht mit Feta, das wirklich superlecker und kinderleicht zu machen sei. Und dass die anderen auch etwas zu essen oder trinken mitbrächten, aber wir die Einkäufe für die kommenden Tage noch erledigen müssten und uns die Kosten dann teilen würden.

Ich höre nur mit halbem Ohr zu und beobachte die vorbeihastenden Menschen. Ich weiß, dass ich sie nie mehr sehen werde. Trotzdem ertappe ich mich dabei, dass ich noch immer hoffe, sie irgendwo zwischen all den unbekannten Gesichtern auf der Straße zu entdecken. Oder dass sie neben meinem Bett steht, wenn ich morgens aus einem Traum erwache, in dem sie nie weggewesen ist.

»Tada, hier ist unsere Limousine«, unterbricht Maximes Stimme meine Gedanken. »Groß, blau und mit allem Komfort versehen.« Sie sieht mich feixend an, während sie auf die Buslinie 18 zeigt.

Ich lächele sie an, weil ich weiß, dass Maxime das von mir erwartet. »Äh, wow«, sage ich heiser. »Was hast du mit den übrigen Passagieren gemacht? Da ist ja gar keiner drin.«

»Riethoven ist ein ausgesprochen exklusives Ziel, das nur für wenige Menschen erreichbar ist. Man muss dafür auserkoren werden.«

Eine ältere Frau mit grauen Haaren und jeder Menge Einkaufstüten von Action geht an uns vorbei und steigt in den Bus.

Ich fange an zu kichern. »Hm-m. Sehr exklusiv, ehrlich.«

Wir kriegen uns nicht mehr ein vor Lachen.

Für einen Moment ist es wie früher: das Gefühl, dass alles schön ist, sogar die allerkleinsten, nichtssagenden Dinge, Hauptsache, man ist zusammen.

Maxime fährt sich mit einer Hand durch die Haare. »Komm, der Bus kann jeden Moment losfahren.« Sie dreht sich zu den geöffneten Türen. »Ich habe Lizzy versprochen, rechtzeitig da zu sein.«

Langsam steige ich hinter Maxime in den Bus. Noch eine halbe Stunde, dann sind wir da. Eine Unterrichtsstunde dauert länger. Die Halbzeit von einem Hockeyspiel auch. Dreißig Minuten sind im Nu vorbei.

Die Bustüren schließen sich hinter mir.

Und manchmal kann es auch in einer Sekunde vorbei sein.

# STUNDEN: 1

Unser Bus verschwindet am Horizont. Seufzend schwinge ich meinen Rucksack über die Schulter und schaue mich um. Ein paar Häuser, ein Kirchturm und eine verlassene Sitzbank. Wir sind wirklich in einem Kaff gelandet.

»Juchhu«, sage ich. »Und jetzt?«

Maxime angelt ihr Handy aus der Jackentasche. »Lizzy hat mir eine Nachricht geschickt, wie wir dorthin kommen. Moment … Wir müssen zu dieser Kreuzung und dann nach links.«

*WALIK 2 KILOMETER*, zeigt uns ein blauer Wanderwegweiser an.

»Lass uns bloß schnell losgehen«, sage ich. »Ich glaube, es fängt gleich an zu regnen.«

Ich ziehe den Reißverschluss meiner Jacke zu und schaue hoch. Es ist erst Mitte Oktober, doch der Himmel ist so grau und düster, dass es genauso gut Ende November sein könnte. *Manchmal ist es, als hätte Isa die Sonne mitgenommen …*

Wir biegen links ab. Mit ihren braunen Backsteinfassaden und sorgfältig gemähten Rasenstücken ähneln sich alle Häuser, an denen wir vorbeikommen. Weit und breit ist kein Mensch.

Zum Spaß sage ich, die Dorfbewohner seien wahrscheinlich geflüchtet, als sie uns sahen.

»Vielleicht liegen sie ja alle tot in ihren Häusern«, sagt Maxime. »Wer weiß.«

»Zombie Village.« Ich muss lachen. Aber trotzdem ist es irgendwie seltsam. Ich kann mich nicht erinnern, jemals an einem Ort gewesen zu sein, der so ausgestorben wirkte.

Das Dorf endet abrupt, und eine schmale Straße führt zwischen Bäumen hindurch weiter. Es fängt an zu nieseln.

Maxime zieht sich ihre Kapuze über den Kopf. »Total schön hier, findest du nicht?« Sie dreht sich begeistert einmal im Kreis.

Es ist nicht leicht zu sehen, was sie sieht. Ich jedenfalls sehe nur traurige Bäume, nassen Asphalt und hin und wieder erhasche ich einen Blick auf ein Haus hinter einer hohen Hecke.

»Hast du heute Morgen vielleicht ein paar Pillen eingeworfen?«, frage ich. »Du tickst wirklich nicht mehr ganz richtig.«

»Danke.« Sie grinst und fasst mich am Arm. »Komm, wir gehen weiter.«

Wir marschieren über den glänzenden Asphalt. Manchmal fährt ein Auto vorbei, und wir springen zur Seite, um nicht angefahren zu werden. Die Bäume am Straßenrand drängen sich immer näher zusammen und verdichten sich ein Stück weiter zu einem Wald.

»Ich glaube, den Weg da hinten müssen wir nehmen«, murmelt Maxime. Sie späht voraus, wo sich ein sandiger Pfad in den Wald hineinschlängelt, und dann auf ihr Handy. Sie dreht das Display, als ob es dadurch deutlicher würde. »Ja, der ist es.«

Vielleicht liegt es am Regen, vielleicht daran, dass mir kalt ist und ich müde bin. Aber ich habe das Gefühl, wir sollten lieber umkehren und nach Hause fahren.

»Bist du dir sicher? Das sieht nicht aus wie ein normaler Weg. Und ich sehe auch kein Hinweisschild.«

»Das ist ein Naturhäuschen, du Schlaukopf.« Sie biegt in den Pfad ein. »Meinst du wirklich, die legen eine Autobahn mitten durch den Wald?«

Ich stoße einen Seufzer aus und folge ihr. Die beiden ausgefahrenen Reifenspuren sind von Unkraut überwuchert.

Schweigend gehen wir tiefer in den klatschnassen Wald. Zarter Nebel hängt über dem Boden, als würden die Regentropfen dort sofort verdunsten.

»Wow«, sagt Maxime plötzlich. »Was ist das?« Sie zeigt auf einen Strauch.

Ich habe keinen blassen Schimmer, was sie meint. Neben dem Strauch liegt ein Haufen abgefallener Blätter und Ästchen. Aber als ich genauer hinschaue, wird mir klar, dass sich ein Tier darunter verbirgt. Nur der schwarze Schwanz lugt unter den Blättern heraus, wie eine gefährliche Schlange.

»Lebt das Ding noch?«, frage ich entsetzt.

»Keine Ahnung.« Maxime geht näher ran. Vorsichtig tippt sie den Hubbel mit dem Fuß an. Blätter rutschen zur Seite, und schwarzes Fell kommt zum Vorschein. »Verdammt, das ist eine tote Katze.«

Erneut stupst sie gegen den leblosen Körper, wodurch er ein Stück zur Seite rollt. Wo sich der Kopf befinden sollte, ist ein blutiger Halsstumpf. Die Blätter rund um den Kadaver sind fast schwarz von dem getrockneten Blut.

Mir dreht sich der Magen um. Ich atme tief ein und aus.

»Puh, das ist wirklich scheußlich«, sagt Maxime. »Irgendein Tier wird ihr den Kopf abgerissen haben.«

Ich starre auf die Katze. »Welches Tier denn? Gibt es hier Wölfe?«

»Mensch, ist das wichtig, welches Tier es getan hat?« Sie seufzt. »Vielleicht war es ja ein Hund.«

»Warum sollte ein Hund so etwas tun?«, frage ich weiter. »Das ist schon ziemlich seltsam.«

Maxime zuckt mit den Schultern. »Es gibt noch mehr seltsame Dinge auf dieser Welt.«

Dem kann ich nicht widersprechen.

»Ruhe in Frieden, auch ohne Kopf«, sagt Maxime mit einem kleinen Lachen.

Sie dreht sich um und geht zum Weg zurück. »Kommst du? Ich habe allmählich genug von diesem Waldspaziergang.«

»Ja«, murmele ich mit einem letzten Blick auf die Katze. Es fühlt sich ein wenig respektlos an, sie so hier liegen zu lassen. Ich bücke mich und werfe vorsichtig ein paar kleine Zweige über ihren Körper. Die schwarzen Härchen des Fells wehen sachte im Wind.

In ein paar Wochen wird fast nichts mehr übrig sein.

Für immer verschwunden in einer unendlichen Leere. Ohne Laute, Gefühle oder Erinnerungen.

Der Tod ist nichts, auf das man sich freuen kann.

Ich höre, dass ich einen Ton von mir gebe, als würde etwas in meiner Kehle zerspringen.

»Anne!«, ruft Maxime.

Ich schlucke mühsam. »Ich komm ja schon«, murmele ich und gehe zu ihr.

Maxime starrt auf ihr Handydisplay. »Wir müssen dort nach links. In fünf Minuten sind wir da.«

Ich folge ihr. Der Pfad schlängelt sich immer weiter in den Wald hinein. Ich schaue mich um, aber da ist nichts zu sehen. Nur Bäume. Und es ist totenstill. Ich höre nicht mal ein Vogelzwitschern. Nach ungefähr zehn Minuten frage ich keuchend: »Wie lange müssen wir noch laufen?«

»Nur noch fünf Minuten.«

»Das hast du eben auch schon gesagt.«

»Ich meinte zehn.«

Ich seufze tief. »Ja, ja«, sage ich zu ihr. Und danach: »Erzähl mir doch noch mal, wer alles kommt. Ich habe es wieder vergessen.«

»An!« Sie stöhnt. »Okay, wenn's sein muss. Lizzy wohnte früher neben uns. Sie hat mich gefragt, ob ich mitwill. Du wirst sie großartig finden!«

Das bezweifele ich. Ich verstehe nicht, warum Maxime plötzlich so begeistert von ihr spricht: Maximes Umzug ist Jahre her, und danach hat sie Lizzy kaum noch gesehen. Aber in den letzten Wochen redet sie nur noch von Lizzy. Es ist *so* lieb, dass Lizzy an sie gedacht hat für diesen Urlaub. Man kann *so* gut mit ihr lachen. Und ihr Kleidungsstil ist *so* genial, nicht so standardmäßig wie bei den Leuten an unserer Schule. Oh, und nein, natürlich macht es nichts, dass Maxime unsere Verabredung letzte Woche vergessen hat, weil sie wieder mit Lizzy am Facetimen war!

»Hallo, hörst du noch zu?«, unterbricht Maxime meine Gedanken.

»Ja, klar. Lizzy wohnte früher in eurer Nachbarschaft, und ich werde sie sehr nett finden.« Ich lächele, als wäre alles in Ordnung.

»Hm, okay«, sagt sie, als würde sie meiner Antwort nicht so richtig trauen. »Daniel ist Lizzys Cousin. Nicht ihr echter, weil sie als Baby adoptiert wurde, aber du weißt, was ich meine. Daniel hat das Ferienhäuschen gemietet. Und der andere Typ wiederum, Sami, glaube ich, ist ein Freund von Daniel. Und mit uns beiden sind wir zu fünft.«

»Wie findet Mick es eigentlich, dass du mit anderen Jungs in einem Ferienhaus bist?«, frage ich.

»Prima«, sagt sie. Und nach einem leichten Zögern fügt sie hinzu: »Weil er es nicht weiß.«

»Was, warum nicht?«

»Warum wohl?«, schnauzt Maxime, aber ganz so selbstsicher klingt sie nicht mehr. »Wir sind doch nur eine Woche weg. Er muss nicht alles wissen.«

»Was hast du ihm denn vorhin im Zug geschrieben?«

»Dass … Dass ich jetzt in den Herbstferien bei dir übernachte. Und dass ich schlecht erreichbar bin, weil wir viel unternehmen.«

Sie zieht die Brauen hoch, sodass ihre Augen noch größer und runder werden, und guckt betont unschuldig. Wahrscheinlich fallen Jungs reihenweise darauf rein, aber ich bin völlig immun dagegen.

»Mensch, Max, das kriegt er doch problemlos raus.«

»Nicht, wenn du die Klappe hältst.«

»Du spinnst«, sage ich.

»Oh ja. Als ob du so ganz normal wärst mit deiner Isa-Besessenheit.« Ihre Stimme ist so leise, dass ich sie kaum verstehen kann. Sie öffnet den Mund, als würde sie noch etwas hinzufügen wollen, doch dann stiefelt sie mit großen Schritten davon.

Die glaubt doch wohl nicht, ich würde ihr nachlaufen! Wie kann sie nur so was sagen? Soll sie doch allein zu dieser blöden Hütte gehen und von mir aus auch mit allen Typen rummachen, die dort sind, das ist mir so was von egal!

Nach ein paar Metern überlegt Maxime es sich anders und dreht sich um. Wir starren uns an. Sie wirkt meilenweit entfernt, wie sie so zwischen den Bäumen steht. Als sie endlich etwas sagt, klingt ihre Stimme gedämpft.

»Sorry, An. Ich hab's nicht so gemeint.«

Ich räuspere mich. »Ich auch nicht.«

»Ich weiß einfach nicht mehr so genau, wie es mit Mick

weitergehen soll.« Sie stöhnt leise. »Als wir uns auf dem Schulfest geküsst hatten … Die ersten paar Wochen waren einfach der Wahnsinn. Er war wirklich superlieb, aber inzwischen streiten wir ziemlich oft. Er … Er klammert total. Letzte Woche wurde er sauer, weil ich keine Lust hatte, durch den strömenden Regen mit dem Rad zu ihm zu kommen, sondern lieber zu Hause bleiben wollte. Drei Tage lang hat er all meine Nachrichten ignoriert. Und neulich meinte er, er fände es nicht gut, wenn ich in der Schule mit anderen Jungs reden würde.« Sie lächelt mich mit feuchten Augen an. »Klingt gut, was? Ich bin so froh, dass ich dir solche Sachen erzählen kann. Du verstehst mich wenigstens.«

Ich erwidere ihr Lächeln. Das ist wieder das Mädchen, das ich damals in der Schule kennengelernt habe. Gleich am ersten Tag haben wir uns nebeneinandergesetzt, weil wir beide niemanden kannten. Innerhalb weniger Minuten bekamen wir uns schon nicht mehr ein vor Lachen, so gut verstanden wir uns auf Anhieb. Ich war ein bisschen still und schüchtern, sie platzte spontan mit allem heraus. Dank Maxime gehörten wir schon bald zur beliebtesten Gruppe in der Klasse. Sie erzählte mir von den Streitigkeiten ihrer Eltern. Und ich tröstete sie, als diese sich endlich scheiden ließen, weil ihr Vater fremdgegangen war. Sie fand bei mir die Ruhe, die ihr fehlte, und ich wurde bei ihr eine fröhlichere Version meiner selbst.

Wäre es doch nur immer so geblieben – gemeinsam konnten wir der ganzen Welt die Stirn bieten. Aber in den letzten Monaten fühlt es sich so an, als würde ich stillstehen und sie mit großen Schritten in ihrem Leben weiterrennen, ohne auf mich zu warten. Manchmal glaube ich, sie hätte mich schon längst fallen lassen, wenn Isa nicht …

»Ich habe so große Angst vor Micks Reaktion, wenn ich

mit ihm Schluss mache«, unterbricht sie meine Gedanken. »Er ist einer der beliebtesten Jungs der Schule. Das wird er nicht gut aufnehmen. Letzte Woche habe ich … da habe ich mit …«

Eine schwarze Regenwolke zieht über die Baumwipfel und dämpft das Tageslicht für einige Augenblicke erheblich. Maximes Haut wird grau, und sie sieht plötzlich aus wie ein Gespenst.

Ich merke, dass ich mich nicht zu atmen traue. Das hier fühlt sich an wie ein schlechtes Vorzeichen von etwas, das ich nicht verstehe.

»An?«, fragt sie. »Alles in Ordnung? Du machst so ein komisches Gesicht.«

»Äh, ja, entschuldige, ich war in Gedanken.« Ich hole tief Luft. »Max, hör zu, du musst mit ihm reden, wenn wir wieder zu Hause sind. So geht das nicht weiter.«

Sie nickt und wischt sich mit dem Jackenärmel über die Augen. »Du hast recht.« Dann schaut sie mir offen ins Gesicht. »Ich meinte es nicht so, was ich gerade gesagt habe. Hasst du mich jetzt?«

»Nein.«

Sie nickt.

»Lass uns weitergehen«, schlage ich vor. »Sonst sind wir heute Abend immer noch nicht da.«

PLAY ▶
STUNDEN: 52

## TAPE DANIEL

**Aufnahme 1**

Hier spricht Daniel.
Ich habe den anderen versprochen, hiermit anzufangen. Wir glauben, dass das der Zweck dieses Raums und der Kamera ist …
Es … Es ist fast Abend, und ich rede hier allein mit … mit wem eigentlich? Vielleicht sollte ich mir jemanden ausdenken.

Mann, sorry, aber das hier ist wirklich schwierig. Und ich bin es auch nicht gewohnt, mich selbst zu filmen.

Es tut mir leid … Es tut mir sehr leid, wenn ihr euch später diese Videos anschaut und Angst bekommt. Das war nicht beabsichtigt.

Betrachtet es einfach als eine Art Tagebuch von uns allen.

Wir haben vereinbart, dass wir unsere Aufnahmen nicht gegenseitig anschauen. Was in diesem Raum gesagt wird, ist privat.

Ich gehe jetzt mal davon aus, dass ihr diese Bilder später irgendwann sehen werdet. Sonst wäre das alles umsonst gewesen.

Ihr werdet bald alles von uns wissen. Was hier passiert ist. Das Blöde ist nur, dass ich nicht weiß, was ihr dann von uns haltet. Wenn alle ihre Geschichte erzählt haben.

Und wenn ihr diese Aufnahmen nie zu Gesicht bekommt, ist etwas schiefgegangen ...

Sorry, das ist nicht die Geschichte, die ich erzählen wollte.

Aber ich bin müde, hektisch.

Ich habe Hunger.

Und ich weiß nicht, wie lange ich das durchhalte.

# STUNDEN: 2

»Das muss es sein.« Maxime zeigt nach vorn. »Es ist allerdings etwas … kleiner, als ich dachte.«

Zwischen den Bäumen schimmert es hellgrau, als wäre der Wald dort weniger dicht. Und als ich ganz genau hinschaue, sehe ich in der Ferne vage Konturen von einem Haus.

»Endlich«, sage ich. »Ich kann bald keinen Schritt mehr machen. Und dieser blöde Nebel wird auch immer dicker.«

Wir gehen auf die Umrisse zu. Es wird heller, und plötzlich befinden wir uns am Rand einer Lichtung. Das Häuschen steht auf der gegenüberliegenden Seite, etwa zwanzig Meter weiter zwischen den Bäumen. Blockhütte wäre vielleicht eine bessere Beschreibung … Die Wände bestehen aus hochgestapelten Baumstämmen, und das Satteldach aus Holzbohlen ist von einer dicken Moosschicht überzogen.

Ich bin sprachlos, und selbst Maxime hält den Mund. Eine Bö bläst hin und wieder zwischen den Bäumen durch und versteckt sich danach wieder hinter den dicken Stämmen.

Plötzlich höre ich etwas irgendwo hinter uns. Es klingt wie ein leises Wimmern. Ruckartig drehe ich den Kopf und spähe zwischen den Bäumen und Büschen hindurch. Da rührt sich nichts. Kam das Geräusch vom Wind?

»Meine Güte, was für eine besondere Hütte«, unterbricht Maximes laute Stimme meine Gedanken. »Dieser Daniel ist echt ein Naturfreak.«

»Hä?« Ich schaue sie an.

»Ich hoffe, hier gibt es WLAN, sonst werde ich verrückt.« Sie geht auf die Hütte zu. Zögernd folge ich ihr. Noch einmal werfe ich einen Blick über die Schulter. Kein Tier. Kein Mensch. Mit einem tiefen Seufzer schlurfe ich über den mit Tannennadeln bedeckten Boden. Der Nebel hängt tief über der kleinen Lichtung. Es sieht fast unnatürlich aus. Wahrscheinlich ist der Wald im Sommer wunderbar, aber im Augenblick fühlt es sich an, als würden zahllose Schilder aus dem Nebel ragen: *ZURÜCK! NICHT WILLKOMMEN! KEINE GAFFER!*

»Sind sie überhaupt da?«, frage ich.

»Wie meinst du das?«

»Es wirkt so verlassen.« Alle Fenster sind dunkel, und ich sehe nirgendwo eine Bewegung.

»Wahrscheinlich sitzen sie irgendwo in den hinteren Räumen.« Sie zuckt mit den Schultern. »Guck mal!«, ruft sie dann mit etwas mehr Begeisterung. »Hier ist eine Sitzkuhle!«

Sie zeigt zum Rand der Lichtung, wo ein großes viereckiges Loch ausgegraben ist. Der Nebel liegt wie eine dicke Decke darin.

»Vielleicht können wir heute Abend ein Lagerfeuer machen«, fährt sie fort.

»Ganz toll«, murmele ich und denke: *Wir könnten auch die Hütte abfackeln, dann könnten wir schleunigst hier weg.*

Die letzten Meter legen wir schweigend zurück. Aus der Nähe sieht das Häuschen noch verfallener und düsterer aus. Ich mag mir kaum vorstellen, dass wir in den kommenden Tagen an diesem grässlichen Ort bleiben sollen.

Maxime geht zur Haustür und schwenkt das Seil einer altmodischen kupferfarbenen Glocke, die klingt wie eine Kirchenglocke.

Wir warten. Zehn Sekunden. Zwanzig Sekunden. Niemand kommt.

Ungeduldig zieht Maxime noch einmal am Seil, jetzt deutlich schwungvoller.

Ein paar Sekunden später sind Schritte und laute männliche Stimmen zu hören. Das Licht im Flur springt an. Ein Rumpeln, als würde etwas zur Seite geschoben. Und dann geht die Tür auf. Zwei junge Männer stehen dort, einer dunkelhaarig, der andere mit hellblonden Haaren, die ihm halb vor den Augen hängen.

»Hola!«, sagt der Dunkelhaarige.

Maxime kichert. »Hallo, äh, wir sind Maxime und Anne.«

»Ich hatte schon so eine Vermutung, dass ihr nicht vom Pizzaservice kommt«, antwortet er.

Wir lachen alle. Sie strecken uns die Hand entgegen und stellen sich vor. Der Blonde ist Daniel, der Dunkelhaarige Sami.

»Schön, dass ihr da seid«, sagt Daniel mit einer tiefen, fast erwachsenen Stimme. »Lizzy hat schon viel über ihre Freundin von nebenan erzählt. Dass ihr euch im Sommer nackt in einem Planschbecken in ihrem Garten habt treiben lassen.« Er grinst Maxime an, die sofort knallrote Wangen bekommt.

»Damals war ich vier!«, ruft sie.

Sami dreht sich zu mir um. »Du hast nicht in diesem Planschbecken gesessen, oder?«

»Äh, nein«, stammele ich und sehe ihn an. »Ich … kenne Maxime aus der Schule.«

Er nickt. Seine Haut ist etwas dunkler als Daniels, und er hat einen Bartschatten. Seine Augen sind so dunkel, dass sie fast schwarz wirken, und das lenkt mich ab. Hat er keine Pupillen?

»Ich hoffe, ihr habt nicht allzu hohe Erwartungen«, sagt er. »Es ist hier ziemlich … basic.«

Er lächelt, wodurch seine Augenfarbe plötzlich um einige Nuancen heller wird. Ich kann meinen Blick nicht abwenden.

»Das ist nicht basic, sondern authentisch, Mann«, sagt Daniel und knufft Sami in die Schulter. »Warum kapierst du das nicht?«

Feixend schubst Sami ihn zurück. »Unser Schlauberger. Quatscht sich immer irgendwie raus.«

Maxime lacht mit. Sehr übertrieben, finde ich.

Daniel ist nicht besonders groß, sein Scheitel reicht Sami bis zur Nase, aber es fühlt sich an, als würde er mit seiner Anwesenheit die gesamte Türöffnung füllen. Seine hellblauen Augen haben einen spöttischen Blick. Er sieht aus, als wäre er es gewohnt, dass ihm immer alle zuhören.

»Ich finde die Hütte großartig«, sagt Maxime. »Und es riecht hier auch so schön nach Natur.« Sie legt den Kopf schief und lächelt Daniel an.

Ich traue meinen Augen nicht! Warum kann Maxime nie mit einem Jungen reden, ohne gleich zu flirten?

»Hm-m.« Daniels Blick wandert über ihr Gesicht nach unten und wieder hoch, als würde er sie prüfen.

»Gut, dann werde ich mich mal nützlich machen«, sagt er und tritt in den Flur zurück. Sein Interesse an Maxime scheint schon wieder abgeflaut zu sein. »Ich gehe in die Küche und packe die Einkäufe aus. Kommt ihr auch gleich dorthin?«

»Daniel glaubt, er hätte eine Mega-Villa gemietet«, sagt Sami und grinst. »Wir lassen ihn mal in dem Wahn.«

Er schließt die Haustür hinter uns, und der schmale Flur wird in ein dämmriges Dunkel getaucht. Mich schaudert. Die feuchte Kälte von draußen hängt auch im Haus.

»Wo ist denn eigentlich Lizzy?«, fragt Maxime. Sie schaut sich um, als würde sie erwarten, dass Lizzy jeden Moment irgendwo hervorspringen könnte.

»Ich glaube, sie ist oben in ihrem Zimmer. Vermutlich hat sie die Klingel nicht gehört.« Sami öffnet die nächstgelegene Tür. »Das ist das Wohnzimmer.«

Wir treten hinter ihm über die Türschwelle. Ich lasse meinen Blick durch den kleinen Raum gleiten. Alles ist aus Holz. Die Wände, der Boden. Sogar die Decke ist mit Holz verkleidet. Ein Tisch mit sechs Klappstühlen steht an der Wand, und in der Mitte des Raums sind zwei Sofas mit verschlissenen, auberginefarbenen Kissen.

»Meine Güte«, kommentiert Maxime lediglich.

»Sorry, Ladys. Hier gibt es weder einen Fernseher noch sonstigen Luxus, im Schrank liegen nur ein paar Tüten Teelichter«, sagt Sami. »Wenn wir unsere Sachen eingeräumt haben, versuchen wir, die Heizung in Gang zu kriegen. Hier sind überall so Gitter, aus denen warme Luft strömen sollte, aber bislang passiert gar nichts. Daniel hat dem Vermieter schon eine Nachricht geschickt.«

Ich streiche mit dem Finger über die Tischplatte. Sie ist von einer dicken Staubschicht bedeckt. Wahrscheinlich sind seit Monaten keine anderen Mieter hier gewesen.

Sami geht zur Tür. »Die Tour geht weiter, Ladys.«

Wir folgen ihm durch den dämmrigen Flur in das fast stockdunkle Treppenhaus.

»Hier funktioniert das Licht nicht«, sagt er und geht uns voraus. »Passt auf, wo ihr hintretet, die Treppe ist ziemlich steil.«

Wir tasten uns stolpernd nach oben. Das obere Stockwerk ist noch nicht zu erkennen.

Maxime kichert hinter mir. »Bitte nicht auf mich fallen, sonst bin ich tot.«

»Haha, sehr witzig.« Ich stöhne.

»Noch zwei Stufen«, höre ich Sami sagen. »Passt auf, stoßt euch nicht den Kopf am Balken.«

Wir bücken uns, und dann stehen wir auf einem schmalen Treppenabsatz, von dem fünf Türen abgehen. Durch ein kleines Dachfenster fällt ein blasser Streifen Tageslicht auf den verschlissenen Bodenbelag. Die Luft ist muffig und dumpf wie in einem Keller.

»Wartet, dann versuche ich, den Lichtschalter zu finden«, sagt Sami.

Seine Silhouette huscht über die Wand, es sieht aus, als stünde noch jemand neben ihm. Es macht mich nervös.

»Bingo.«

Einen Augenblick später schaltet sich das Licht auf dem Treppenabsatz mit lautem Surren ein, und der Schatten neben Sami ist verschwunden.

Maxime kichert. »Gerade habe ich tatsächlich gedacht, da würde jemand im Dunkeln stehen.«

»Ich auch«, sage ich und muss jetzt auch lachen.

Sami öffnet die erste Tür. Ein spärlich eingerichtetes Zimmer mit zwei Einzelbetten kommt zum Vorschein. Auf dem Boden stehen zwei Taschen.

»Hier schlafen Daniel und ich.«

Noch bevor ich mir das Zimmer genauer anschauen kann, hat Sami die Tür schon wieder geschlossen. Er zeigt auf die zweite Tür. »Dort ist das Bad. Vor dem Fenster hängen ein paar halb verrottete Läden als Sichtschutz, und die Dusche ist ein bisschen klapprig, ansonsten kommt man damit klar. Ich hoffe, ihr habt Handtücher mitgenommen, denn hier gibt es keine.«

»Ja«, murmele ich und denke: *In diesem gammeligen Ding werde ich mit Sicherheit nicht duschen. Dieser Urlaub kann mir echt gestohlen bleiben.*

»Und das ist euer Zimmer.« Sami schwenkt die Tür neben dem Bad auf. »Das Hilton ist nichts dagegen.«

Ich versuche, meinen Widerwillen nicht zu zeigen. »Das Bett ist, äh, schön groß.«

In der Mitte des dunklen, stickigen Zimmers steht ein Doppelbett mit einem schlichten Holzgestell. Auf dem Dielenboden liegt ein schmuddeliger Teppich, der wahrscheinlich irgendwann mal blau war.

»Wir werden es schon überleben.« Maxime stellt ihren Rucksack auf das Bett. »Shit, diese Matratze ist wirklich bretthart. Darf ich am Fenster schlafen, An? Sonst kotze ich heute Nacht von diesem Mief hier.«

»Klar«, murmele ich. Von mir aus darf sie das ganze Doppelbett haben, ich möchte am liebsten nach Hause.

»Und ist das Lizzys Zimmer?«, höre ich Maxime fragen.

Ich drehe mich um und sehe, wie Maxime auf eine Tür in der hintersten Ecke des Treppenabsatzes zeigt. Es bleibt einen Augenblick still.

»Nein, Lizzys Zimmer ist neben der Treppe«, sagt Sami dann. »Diese Tür ist verschlossen, und wir haben keinen Schlüssel dazu. Vielleicht ist das ein Abstellraum für den Vermieter oder so.« Er zuckt mit den Schultern. »Kommt, wir gehen zu Lizzy. Bestimmt ist sie eingeschlafen.«

Maxime folgt ihm mit großen Schritten. Sami klopft an Lizzys Tür und drückt sie danach auf. Johlend verschwindet

Maxime in Lizzys Zimmer. Kurz darauf höre ich noch ein Mädchen kreischen: »Maxieeeeee, da bist du ja, endlich!«

Langsam gehe ich zur Tür. Maxime und Lizzy haben die Arme umeinander gelegt und hüpfen zusammen durch den Raum.

»Es ist wirklich großartig hier!«, ruft Maxime. »Ich bin so froh, dass du mich gefragt hast, ob ich mitkomme.«

Sie lachen beide.

Lizzy löst sich aus der Umarmung und zieht ihre AirPods aus den Ohren. »Sorry, ich habe gar nicht gehört, dass du schon da bist«, sagt sie zu Maxime. »Ich habe gerade eine Folge von *The Society* geguckt.«

Ich mustere Lizzy, die ihre AirPods nun ins Nachtschränkchen legt und ihr Handy vom Kopfkissen nimmt. Sie ist groß und schlank. Ihre schwarzen Haare fallen in Wellen über ihren grauen Sweater, und sie trägt eine Skinny Jeans, die ich im Leben nicht über die Hüften bekäme.

Lizzy ist schön, aber nicht in der üblichen Weise. Sie ist eine Mischung aus Begeisterung und Distanz, Schönheit und Unvollkommenheit. Wenn sie lacht, wird ein kleiner Spalt zwischen ihren Schneidezähnen sichtbar, und die Nase ist zu breit für ihr Gesicht.

Etwas an ihr fesselt mich, und ich kann den Blick nicht von ihr abwenden.

Lizzy dreht mir den Kopf zu, ich spüre, wie ich rot werde.

»Hallo, Anne«, sagt sie. »Schön, dass du hier bist.«

Es klingt freundlich.

»Äh, ja«, erwidere ich. »Danke für die Einladung.«

»Nein, ich danke dir«, sagt sie, »dass du dich darauf einlässt, in diesem unappetitlichen Haus mit einem Haufen Idioten zu übernachten.«

»Sprich einfach nur für dich«, wirft Sami grinsend ein.

Ich lache. Für einen Moment glaube ich, dass dieser Urlaub doch noch was werden kann, aber dann lässt sich Maxime auf das Doppelbett fallen und sagt: »Oh, diese Matratze ist viel weicher! Darf ich bitte hier schlafen?«

Lizzy lässt sich neben sie fallen und lächelt. »Von mir aus gern. Ein Platz ist noch frei.«

Maxime dreht den Kopf zu Lizzy, und eine Stille tritt ein.

Am liebsten würde ich rufen: *Untersteh dich! Ich bin mit dir hier.* Aber ich lasse es sein. Ich balle meine Hände zu Fäusten und warte.

»Thanks, aber unser Bett tut es auch«, sagt Maxime schließlich. »Sollte Anne heute Nacht schnarchen, komme ich doch noch zu dir.«

Erleichtert strecke ich ihr die Zunge heraus. »Haha, ich glaube, du bist hier diejenige, die schnarcht! Weißt du noch, als wir an deinem Geburtstag bei dir übernachtet haben?«

»Das ist geheim! Du hast es versprochen!«, ruft Maxime und lacht.

»Du schnarchst also …« Lizzy schiebt Maxime zur Bettkante. »Sorry, aber wer schnarcht, ist hier nicht willkommen.«

Maxime fällt kreischend vor Lachen aus dem Bett. »Das ist Diskriminierung!«

»Nein, das ist Gerechtigkeit!«

Maxime und Lizzy kriegen sich nicht mehr ein und kugeln albern zusammen über den Boden.

»Vielen Dank für diese Vorstellung, Ladys«, sagt Sami und lächelt schief. »Soweit also die Hausführung. Macht das unter euch aus, wer wo schläft und wer schnarcht. Ich sehe euch gleich unten.«

»Viel Erfolg mit den beiden, Anne«, flüstert er mir zu, als er an mir vorbeigeht.

Er lächelt. Herzlich und zart.

Ich nicke und sehe ihm hinterher, wie er im dunklen Treppenhaus verschwindet. Es fühlt sich an, als gäbe es eine unsichtbare Verbindung zwischen Sami und mir. Ich spüre es noch immer, als ich seine Schritte schon unten im Flur höre. Ich habe ihn gerade erst kennengelernt, aber ich will jetzt schon nichts lieber als bei ihm sein.

Manchmal halte ich mich selbst für ein Genie, wenn ich über solche Sachen nachdenke. Das geht ziemlich tief, also versuch mal kurz, mir zu folgen.
Ist eine Bitch eine Bitch, weil sie als Bitch geboren wurde, oder ist sie eine Bitch, weil sie sonst unter all den anderen Bitches nicht überleben kann? (Du kannst hier natürlich auch Scheißkerl eintragen oder Loser oder etwas anderes.)
Die Antwort gebe ich dir später.
Did you just call me a bitch?

PLAY ▶
STUNDEN: 56

## TAPE LIZZY

**Aufnahme 1**

Hallo, ich bin Lizzy, und ich finde es gut, dass ich einen Moment hier sitzen und reden kann ... Es tut mir leid, dass ich ständig heulen muss, aber ich fühle mich so schlecht ... Und ich habe solche Angst!

Ich habe niemandem erzählt, was ich in meinem Zimmer gesehen habe, sonst glauben sie, dass ich ... dass ich ...

Oh Gott, wir werden alle hier sterben, ich schwöre es euch ... Ich hasse dieses verdammte Haus. Ich hasse Leute, die einfach irgendeinen Scheiß reden ... Zum Glück ist Maxime noch da. Aber ich traue mich auch nicht, es ihr zu erzählen, denn dann müsste ich ihr alles erzählen. Ich habe sie gerade deswegen gefragt, ob sie mitkommt, weil sie eben nur die alte Lizzy kennt. Die Lizzy aus der Grundschule, die vor nichts und niemandem Angst hatte, die nur weinen musste, wenn sie beim Fußball hinfiel.

Eigentlich fühlte ich mich gestern Abend noch ganz okay. Wir hatten die letzte Tüte Chips leergegessen, weil wir dachten, wir könnten heute nach Hause fahren. So dumm ...

Maxime und ich gingen als Erste nach oben, und ich bin ins Bett gekrochen, ohne mir die Zähne zu putzen. Ich hätte heulen können, weil ich meinen Kulturbeutel noch immer nicht gefunden hatte. Aber hey, ein paar Tage ohne werde ich doch wohl noch überleben, oder?

Ich habe Anne und Sami noch gehört, wie sie im Flur geredet haben, obwohl sie wahrscheinlich dachten, es könnte sie keiner hören. Ob ihr klar ist, was sie da macht? Bei manchen Jungs muss man aufpassen, weil sie einen nie glücklich machen können.

Kurz darauf habe ich Daniels Schritte gehört, auf dem Weg ins Bett. Ein Poltern im Wohnzimmer, wahrscheinlich von Vincent, der sich seinen Schlafplatz auf dem Sofa baute. Und dann wurde es still.

Es war so dunkel in meinem Zimmer ... Das Teelicht leuchtete nur schwach. Und überall hörte ich seltsame Geräusche. Das Knarzen von einem Brett irgendwo. Ein klappernder Fensterladen. Ich bekam Gänsehaut am ganzen Körper.

Ich musste an so viele Dinge denken, an die ich nicht mehr denken wollte. An früher. An die Schule. An die gemeinen Biester, die mich nie als eine der ihren akzeptiert haben, weil mein Hintern zu dick war und meine Nase zu groß. An meine Mutter, die mir, als ich sechs war, auf meine Frage hin, warum außer mit niemand in der Familie eine dunkle Hautfarbe habe, einfach so erzählte, ich sei adoptiert. An das erste Mal, als ich weggelaufen bin, mit vierzehn. Ich habe mir die Haare blond gefärbt, und es wurde orange. Ich habe aufgehört zu essen, weil ich auch so dünn sein wollte wie alle anderen Mädchen auf der Schule. Aber egal, was ich sagte, was ich tat, welche Kleidung ich trug – es war nie richtig. Ich fühlte mich nirgends zu Hause. Ich wollte nicht mehr ich sein.

Ich konnte es fast wieder spüren, obwohl das nicht mehr passiert war, seit ... seit ... Oh Gott, nicht schon wieder ...

Konzentrier dich auf deine Atmung, versuche, dich zu entspannen, du bist es wert, es gibt Menschen, die dich lieben. Ich kannte alle Tipps auswendig, aber trotzdem dauerte es Stunden, bis ich einschlafen konnte.

Mitten in der Nacht wurde ich von etwas geweckt. Vielleicht von einem Geräusch, vielleicht von etwas in meinem Unterbewusstsein. Meine Augen mussten sich erst an die Dunkelheit gewöhnen. Und dann sah ich es. In der Zimmerecke. Einen Schatten ... Er bewegte sich nicht, als würde er schon seit Stunden auf mich warten.

Im Dunkeln konnte ich kein Gesicht erkennen, es war eher ein Schemen, aber ich spürte einfach, dass er mich anschaute. Und dass er mich hasste ... Ich hatte so eine Angst, dass ich mich fast übergeben musste.

Das kann nicht sein, habe ich mir gesagt. Wir hatten alle Türen und Fenster geschlossen. Es konnte einfach niemand in meinem

Zimmer stehen!

Aber er stand wirklich dort. Und er ging nicht weg.

Ich tat das Einzige, was mir einfiel: die Augen schließen. Wenn ich den Schatten nicht mehr sehen konnte, gab es ihn nicht! Es war etwas in meinem Kopf. Ein Traum ...

Gleich würde ich aufwachen.

Gleich würde alles wieder normal sein.

Nur war dieses Mal nichts normal, als ich wach wurde. All das Blut ... Es war auf meinem T-Shirt, in meinen Haaren. Ich ... ich habe noch nie so viel Blut gesehen.

Das war eine Botschaft. Für mich.

# Stunden: 6

Es ist bullig warm in der Küche. Sami und Daniel haben die Heizungsanlage vor einer halben Stunde in Gang setzen können – jetzt strömt warme Luft aus jedem Lüftungsrost. Ich gehe fast ein in meinem dicken Pullover.

Ich fummele am eisernen Griff an einem der Rahmen herum, und das Fenster öffnet sich knarrend. Durch den Spalt spähe ich in den Garten. Es ist stockfinster draußen, der Wald ist komplett im Abend verschwunden. Ich kann ihn nur hören. Der Wind bringt die Bäume zum Stöhnen und Seufzen. Es klingt wie ein Jammern. Wie etwas Menschliches. Plötzlich fühle ich mich unwohl.

»Hey, du Irre, mach mal das Fenster zu, es wird doch eiskalt hier drin!«, höre ich Maximes Stimme hinter mir. »Du wolltest doch den Salat putzen?«

Schnell klappe ich das Fenster wieder zu. »Äh, ja, mache ich jetzt. Warum hast du nicht einfach so ein Tütchen fix und fertig geputzten Salat mitgenommen?«

»Vergessen.« Maxime grinst mich an. »Tut mir leid.«

»Für dieses eine Mal vergebe ich dir«, sage ich, während ich mich umdrehe und den Salat aus dem Kühlschrank nehme. Die Glühbirne darin ist kaputt, und die Wände sind völlig vergilbt.

»Igitt, was für ein alter Plunder. Was ist das eigentlich für ein Vermieter?«, frage ich.

Maxime gibt die Spaghetti in einen großen Topf mit kochendem Wasser und stellt das Gas niedriger. »Keine Ahnung. Ich glaube, irgendein alter Mann, der ganz verrückt nach Holz und ekligen Sachen ist.«

»Ich habe auch keine Ahnung«, sagt Lizzy. »Wir hatten Glück, dass es verfügbar war. Laut Daniel wird diese Hütte fast nie vermietet. Vielleicht wohnt der Eigentümer ja selbst den größten Teil des Jahres hier.«

Ich kann mir nicht vorstellen, dass hier tatsächlich jemand dauerhaft wohnt. Was macht man in so einem Wald?

Lizzy geht zum Kühlschrank. »Weinchen?«

»Gern«, sagt Maxime und tut, als wäre das die normalste Sache der Welt.

Maxime und ich haben nur einmal zuvor Alkohol getrunken. Zwei Gläser Wodka-Cola auf der Party eines Klassenkameraden, dessen Eltern nicht zu Hause waren. Danach haben wir alles wieder ausgekotzt. Ob sie das wohl vergessen hat?

»Du auch, An?«, fragt sie.

»Nein, danke, nachher vielleicht.«

»Wie du willst.« Maxime zuckt mit den Schultern und geht lächelnd zu Lizzy, die ihr ein volles Weinglas reicht.

»Prost! Schön, dass ihr hier seid«, sagt Lizzy. An ihrem Blick sehe ich, dass sie es auch wirklich so meint, und das irritiert mich. Mir wäre eine Wahnsinnsbitch lieber gewesen, dann hätte ich wenigstens einen Grund gehabt, sie nicht ausstehen zu können. Aber sie ist nicht so ein typisches High-Class-Mädel, wie sie bei uns an der Schule herumlaufen. Sie hat auch etwas Verletzliches. Als wäre ihr selbst nicht klar, wie bildhübsch sie ist.

Maxime trinkt einen großen Schluck von ihrem Wein. »Wusstest du, dass Lizzy in Utrecht ein Zimmer hat?«, fragt sie mich. »Das ist bestimmt total cool, nach der Schule will ich das auch.«

»Ja, das kann ich mir bei dir auch wirklich gut vorstellen«, meint Lizzy. »Dann kannst du alles machen, worauf du Bock hast, und niemand kontrolliert dich.«

»Besuchst du deine Eltern denn noch?«

»Manchmal fahre ich am Wochenende zu ihnen …« Ihre Stimme gerät ins Stocken. »Zum Waschen oder wenn ich Geld brauche, versteht ihr?«

Maxime nickt. »Ich wünschte, ich könnte jetzt schon ausziehen«, sagt sie mit betretenem Gesicht. »Es ist wirklich nicht schön bei meiner Mutter.«

»Du kannst gern bei mir übernachten, wenn du es zu Hause nicht mehr aushältst«, sagt Lizzy. »Fühl dich immer willkommen.«

»Wirklich?« Maxime nimmt Lizzy in den Arm. »Das ist echt lieb!«

Lizzy lächelt. »Ich bin froh, dass wir wieder Kontakt haben. Ich fand es damals so schlimm, als du weggezogen bist.«

»Ich auch! Friends again!« Maxime dreht mir den Rücken zu und zieht Lizzy mit sich.

Plötzlich fühle ich mich wie eine Außenstehende. Verbissen wasche ich den Salat, bis meine Finger eiskalt sind vom Wasser.

»Ist der Salat fertig, Anne?«, höre ich Maxime fragen. »Ich hole jetzt die Schale aus dem Ofen.«

»Klar«, sage ich eine Spur zu laut.

Maxime zerdrückt den Feta und die Cherrytomaten in der Auflaufschale und schüttet die gekochten Spaghetti dazu. Während sie mit einem Löffel alles vermengt, fragt sie Lizzy: »Wie oft siehst du Daniel eigentlich?«

»In letzter Zeit leider nicht mehr so oft. Er ist mein Lieblingscousin. Seine Eltern sind vielleicht noch ein bisschen durchgeknallter als meine.« Lizzy kichert.

»Kaum vorstellbar.« Maxime rührt jetzt schneller. »Mist, die Spaghetti kleben am Feta. Das ist ein einziger großer Klumpen. So sah das auf TikTok aber nicht aus!« Sie wirft uns einen verzweifelten Blick zu.

Lizzy beugt sich über die Auflaufschale. »Hm. Das sieht wirklich ziemlich eklig aus. Wie Pasta Sperma!«

Ich weiß nicht, wie ich reagieren soll, und sehe an Maximes erstauntem Blick, dass es ihr genauso geht. Aber dann schieben sich ihre Mundwinkel nach oben. »Jetzt aber Vorsicht! Du redest über meine Kochkünste.«

Lizzy grinst. »Welche Künste?«

Und da muss ich auch lachen. »Du kochst zum ersten Mal im Leben, Max!«

Kreischend vor Lachen fallen wir uns in die Arme. Es fühlt sich befreiend an. Vielleicht können wir doch zu dritt Spaß in diesem Urlaub haben.

Lizzy nimmt die Auflaufform von der Anrichte. »Kommt, wir bringen dieses unvergleichliche Drei-Sterne-Gericht zu den Boys.«

»Sie werden uns dafür hassen«, sagt Maxime.

»Yep, hundertpro.«

Zu dritt begeben wir uns ins Wohnzimmer. Als Letzte schließe ich die Küchentür, wobei ich noch einmal über meine Schulter schaue. Und ich wünsche mir augenblicklich, ich hätte es nicht getan. Am Küchenfenster sehe ich einen Schatten, der sich bewegt. Erst nach ein paar Sekunden wird mir klar, dass ich das wahrscheinlich selbst bin. Reglos starre ich auf mein eigenes Spiegelbild in der Scheibe. Für einen kurzen Moment verspüre ich den Impuls, Maxime und Lizzy zu rufen, damit sie nachschauen, ob da wirklich niemand ist. Aber ich gebe ihm nicht nach. Wer sollte sich schon dort herumtreiben?

# Stunden: 7

»Okay, sorry, dass ich das so sagen muss« – Daniel seufzt und schiebt seinen Teller von sich –, »aber das waren wirklich die allerscheußlichsten Nudeln, die ich im Leben gegessen habe.«

»Wolltet ihr uns vielleicht umbringen?« Sami hält feixend einen Klumpen Spaghetti hoch. Im Kerzenschein wirken die Fäden wie Würmer. Plötzlich habe ich das Gefühl, ich müsste mich übergeben. Aber das kann auch an dem Glas Wein liegen, das ich zum Essen getrunken habe. Ich habe mich nicht getraut, noch mal Nein zu sagen …

»Haha, ihr seid ja so witzig«, sagt Lizzy, die jedoch auch kaum etwas gegessen hat. »Morgen Abend kocht ihr mal schön selbst.«

»Genau das habe ich auch vor«, erklärt Sami.

Lizzy verkündet, dann ginge sie auswärts essen. Daniel antwortet, bis zum nächstgelegenen Restaurant sei es eine halbe Stunde zu Fuß. Maxime nennt ihn einen Spielverderber, Lizzy gibt ihr ein High five und meint, das könne sie aus Erfahrung bestätigen.

Es ist wie bei einem Tischtennis-Match, so schnell fliegen die Bemerkungen hin und her. Alle lachen und rufen durcheinander. Nach wenigen Stunden sind sie schon so aufeinander eingespielt, als würden sie sich seit Jahren kennen. Es verblüfft mich, wie leicht es Maxime gelingt, sich in diese Gruppe einzugliedern. Ich nehme an, mich finden sie vor allem langweilig und still.

Nur Sami lächelt mir hin und wieder zu. Ich kann kaum den Blick von ihm wenden.

Wenn er lacht, bilden sich Grübchen in seinen Wangen, und seine Augen werden plötzlich intensiv hellbraun, als würde die Sonne hindurchscheinen. Wenn er mit Daniel witzelt, gehen seine Mundwinkel hoch. Sie verstehen sich ohne viele Worte. Aber manchmal sitzt Sami während der Gespräche auch mit abwesendem Blick da, als wäre er gedanklich ganz woanders. Er ist so anders als alle anderen Jungs, die ich je kennengelernt habe. Ich könnte ihn wirklich endlos anschauen.

»Wer möchte noch Wein?«, fragt Daniel und entkorkt eine neue Flasche. »Das ist ein Burgunder aus dem Jahr 2008, den ich von meinem Vater bekommen habe, das ist einer der besten Jahrgänge.«

»Gern.« Sami hält ihm sein Glas hin.

»Für einen Moslem kannst du ordentlich was schlucken«, sagt Daniel beim Einschenken. Er hat seinen Pullover ausgezogen, und das dunkelblaue Stone-Island-Shirt ist halb aus der Jeans gerutscht.

Sami hebt eine Augenbraue. »Für einen Christen kannst du ganz schön rumnörgeln.«

»Ein Christ, interessante Annahme.« Daniel reibt sich über die Stirn. »Wie kommst du darauf, dass ich an Gott glaube?« Er lässt die Flasche herumgehen. »Maxime? Wein?«

»Jaaaa, gern!« Maxime hält ihm ihr leeres Glas hin. Ihre Augenlider hängen ein wenig, und ihre Mascara ist verwischt. Sie hat bestimmt schon vier Gläser Wein intus, genau wie Lizzy.

*Nicht, Max, so viel hast du noch nie getrunken*, denke ich und versuche, ihre Aufmerksamkeit zu gewinnen.

Aber sie ist vollkommen auf Daniel konzentriert. Ich sehe,

wie ihre Wangen rot werden, als er einen Scherz über ihren teuren Weingeschmack loslässt. Was um Himmels willen hat sie vor? Zum Glück scheint Daniel nicht besonders an ihr interessiert.

Als ich an der Reihe bin, schüttele ich den Kopf, aber Daniel tut so, als würde er es nicht sehen, und schenkt auch mein Glas voll.

»Prost, auf den Weinkeller deines Vaters!«, sagt Sami und trinkt einen großen Schluck. »Ich weiß tatsächlich nicht, ob du an Gott glaubst. Bist du dann vielleicht Daniel, der Anarchist?«

Eine Stille tritt ein. »Das ist ja wohl lächerlich«, schimpft Daniel dann.

Zum ersten Mal höre ich, dass er ausfallend wird. Bislang hat er immer sehr bedächtig gesprochen, als würde er alles, was er sagt, erst abwägen. Seine Art zu reden wirkt wie ein Magnet, man muss ihm einfach weiter zuhören.

»Manchmal benimmst du dich, als wärst du *gaddo* höchstpersönlich«, antwortet Sami sichtlich ungerührt von Daniels Ton.

»Hör zu, ich glaube weder an *gaddo* noch an Allah oder welchen Gott auch immer. Was du machst, musst du selbst wissen. Hauptsache, du glaubst nicht, dass es deine eigene Entscheidung ist.«

Sami grinst. »Sorry, aber das Letzte kapiere ich nicht.«

»Das nehme ich dir nicht übel, denn das verstehen die meisten nicht.« Daniel spreizt die Hände. »Ich glaube an die Macht der Masse. Glaubst du wirklich, dass du eigene Entscheidungen triffst?«

»Äh, ja.« Sami schaut uns an mit einem Blick, als wollte er fragen: Könnt ihr ihm noch folgen? Dann wendet er sich wieder an Daniel. »Niemand hat mir eine Pistole an den Kopf gehalten, als ich in Utrecht am Bahnhof in den Intercity gestiegen bin. Also wovon sprichst du, Mann?«

Wir müssen lachen.

»Ihr lacht, weil ihr es nicht begreift.« Daniel trinkt einen großen Schluck von seinem Wein und schwenkt den Rest im Glas. »Jede Entscheidung wird mit Verstand und mit Gefühl getroffen. Beides wird von der Umgebung bestimmt und von den Menschen, mit denen man umgeht.«

»Komm schon, Daniel, was für ein Bullshit. Wenn du mir sagst, ich soll mit dem nackten Hintern durch den Wald rennen, dann mache ich das wirklich nicht. Niemand hier.«

»Du kapierst es wieder nicht.« Er lächelt. »Ich werde dir ein Beispiel geben, damit auch dein schlichter Verstand es verstehen kann.«

Lizzy stöhnt. »Ich werde noch irre von dieser Diskussion. Von mir aus kannst du einen Debattierclub gründen, aber nicht hier!«

Daniel ignoriert sie und legt seine Daumen und Zeigefinger gegeneinander, was ihm etwas Grüblerisches verleiht.

»Das Experiment hat es wirklich gegeben, wir haben es dieses Semester in Ethnologie behandelt, als Beispiel dafür, dass sich Tiere und Menschen nicht viel voneinander unterscheiden.«

»Bis hierher bin ich einverstanden, Herr Biologe.« Sami lacht.

»Habt ihr euch jemals gefragt, warum die Nazis einfach ihr Ding in Deutschland durchziehen konnten? Warum fast niemand sie aufgehalten hat, und das trotz ihrer bizarren Vorstellungen?«

Wir starren ihn an und schweigen.

Daniels Gesicht, von den Kerzen auf dem Tisch beleuchtet, ist grau. Kleine Lichtflecken der Flammen spiegeln sich im Blau seiner Augen.

»1967 hat ein amerikanischer Geschichtslehrer ein Experiment mit seiner Klasse durchgeführt, ohne dass die Schüler und Schülerinnen davon wussten. Er stellte eine Gruppe mit einigen Schülern aus dieser Klasse zusammen und erzählte ihnen, sie seien etwas ganz Besonderes. Verrückterweise fingen sie an, sich tatsächlich anders zu verhalten. Sie überlegten sich Regeln und einen Gruppengruß, sie wählten noch einige weitere Mitschüler und Mitschülerinnen aus und schlossen andere aus. Nach ein paar Tagen lief das Experiment völlig aus dem Ruder, und der Lehrer hat es beendet. Erst danach hat er die Schüler aufgeklärt, woran sie teilgenommen hatten. Er hat der Klasse einen Spiegel vorgehalten.«

Sami atmet tief durch. »Okay, das ist ziemlich heftig.«

Daniel zieht eine Augenbraue hoch, sagt aber nichts.

»Ich kann mir nicht vorstellen, dass ich mich so mitreißen lassen würde«, meint Sami.

»Das dachten sie alle.« Daniel lächelt schwach. »Aber offensichtlich bestimmt unsere Umgebung einen großen Teil unserer Normen und Werte. Faszinierend, findet ihr nicht? Gut und Böse liegen ganz nah beieinander.«

»Und was ist die Moral dieser Geschichte?«, fragt Sami langsam. »Dass wir alle Nazis sind?«

Sami und Daniel starren sich an. Es wirkt wie ein Spiel: Wer hält am längsten durch, ohne zu zwinkern? Ich kann es nicht länger mitansehen und wende den Blick ab. Hinter den Fensterscheiben hängt die Dunkelheit des Abends, schwer und finster.

Dann bricht Daniel zu meiner größten Überraschung in

Lachen aus. »Du hast wieder nicht richtig zugehört. Ich habe nur gesagt, dass ich nicht an Gott glaube. Und dass wir alle dumm und naiv sind.«

»Du weißt auch immer, wie du dich aus der Affäre ziehst«, sagt Sami, aber in seiner Stimme schwingt ein wenig Bewunderung mit. »Du hast doch wirklich gesagt ...«

»Stopp!«, ruft Lizzy. »Mir reicht es jetzt echt. Der Zweite Weltkrieg ist bald achtzig Jahre her. Können wir jetzt bitte über was anderes reden? Und bekomme ich noch Wein, please?« Sie hält ihr leeres Glas hoch und winkt damit.

Daniel dreht ihr den Kopf zu. Einen kurzen Moment fürchte ich, er könnte wütend werden, aber dann sagt er freundlich: »Die Flasche kostet fast dreißig Euro. Immer mit der Ruhe, Cousinchen.«

»Entspann dich, Mann, dein Pa hat genug Geld. Und du hältst ihn doch sowieso für einen Arsch«, sagt Lizzy.

»Beides richtig.« Daniel schenkt Lizzy nach und stoppt nach der Hälfte. »Aber der Abend ist noch lang.«

Sie pustet sich eine Locke aus dem Gesicht. »Pff, Prost, Opa. Und was machen wir mit dem Rest dieses langen Abends? Hat jemand eine Idee?«

Ein paar Augenblicke bleibt es still. Dann räuspert sich Maxime. Ich muss mich anstrengen, um zu verstehen, was sie sagt. »Wir ... Wir könnten eine Vorstellungsrunde machen. Wer bist du, und was machst du gerade? Was ist dein größter Traum? Und deine größte Angst?«

*Eine Vorstellungsrunde? Ist sie jetzt völlig verrückt geworden?*

Daniel lacht. »Mein größter Traum und meine größte Angst? Als ich so was zum letzten Mal gemacht habe, war ich sechzehn. Aber warum nicht, wenn ihr das gern wollt?«

»Bin dabei«, brummt Sami.

»Jaaa, das macht Spaß!«, sagt Lizzy. »Klasse, Max!«

Am liebsten würde ich aufstehen und wegrennen. Alle schauen plötzlich mich an.

»Äh, von mir aus, prima«, murmele ich.

»Dann haben wir somit einstimmig beschlossen, unsere tiefsten Regungen der Seele miteinander zu teilen.« Daniel steht auf. »Entschuldigt mich noch einen Moment, ich muss erst den Getränkevorrat auffüllen und pinkeln gehen.«

# Stunden: 8

Lizzy hat die Vorhänge zugezogen und noch mehr Teelichter auf den Tisch gestellt und angezündet, wodurch es so wirkt, als hätte sich das restliche Wohnzimmer in ein pechschwarzes Loch verwandelt. Dutzende kleiner Flammen erhellen unsere Gesichter, gelb und wächsern.

Daniel hat eine neue Weinflasche aus der Küche geholt und geöffnet.

»Lasst uns auf diesen Urlaub anstoßen.« Er hebt sein Glas. »Auf dass wir uns in diesen wenigen Tagen besser kennenlernen. Unsere Stärke liegt in unserer Verschiedenheit!«

»Schön ausgedrückt.« Sami räuspert sich und folgt Daniels Beispiel.

Unsere Gläser klingen wahnsinnig laut, als wir anstoßen. Es ist, als würde die Nacht alle anderen Geräusche schlucken. Wir könnten die einzigen fünf Lebewesen in diesem Wald sein. Vielleicht sogar auf der ganzen Welt …

Ich trinke einen Schluck Wein. Den Alkohol schmecke ich kaum, so schnell gewöhnt man sich daran.

Daniel schaut Lizzy an. »Meine liebe, besondere Cousine. Wir sind nicht blutsverwandt, aber dennoch Verwandte im Geiste. Du darfst anfangen.«

»Schöne Einführung.« Lizzy streckt ihm die Zunge heraus. »Okay, ich bin also Lizzy, achtzehn Jahre alt. Als Baby wurde ich adoptiert, aber davon weiß ich nichts mehr. Offenbar lebte meine Mutter in Bangladesch und war drogenabhängig, weswegen sie nicht mehr für mich sorgen konnte, oder so ähnlich.« Sie zuckt mit den Schultern, als hätte es nichts zu bedeuten. »Meine Adoptiveltern glauben, dass all meine schlechten Eigenschaften von meiner leiblichen Mutter stammen, während ich meine guten Eigenschaften ihrer Erziehung zu verdanken habe. Manchmal glaube ich sogar, sie hätten mich lieber nicht adoptiert.« Sie lächelt wieder, aber ihr Blick ist düster. »Zum Glück wohne ich jetzt in Utrecht, und dort habe ich ein superschönes Zimmer. Also Ende gut, alles gut. Ich studiere Jura, weil ich Unrecht einfach nicht ertrage. Mein Traum ist es, nach meiner Ausbildung auf Reisen zu gehen und nach meiner leiblichen Mutter zu suchen, wenn sie noch lebt. Und meine größte Angst ist es, zu sterben – oder meine Schulzeit noch mal wiederholen zu müssen, denn das war, sagen wir mal so, nicht gerade die beste Zeit meines Lebens. Fertig!« Sie macht ein erleichtertes Gesicht. »Dann gebe ich jetzt weiter an … Sami!«

Irgendwo draußen ertönt ein hoher Schrei. Als hätte jemand Schmerzen. Wir starren uns an. Im Kerzenlicht haben wir tiefe schwarze Schatten um die Augen.

»Was war das?«, fragt Maxime. »Das klang so was von unheimlich. Es gibt hier doch keine anderen Leute in der Nähe?«

»Versprich mir, dass du es niemandem erzählst, okay?« Daniel beugt sich vor und fängt an zu flüstern. »Es ist ganz schön heftig.«

Maxime nickt mit großen Augen. »Okay.«

»Dieser Schrei da eben, das war … ein Tier!« Daniel prustet los. »Hallo, Leute, wo habt ihr denn die letzten Jahre gelebt?«

»In der Stadt«, sagt Sami und feixt. »Genau wie du, Mann.«

Wir müssen alle kichern, und ich sehe an Maximes Blick, dass sie sich ein bisschen schämt.

»Okay, Sami-Boy, fängst du heute noch an?«, fragt Daniel. »Ich brenne vor Neugier auf deine Geheimnisse.«

Sami seufzt und trinkt einen Schluck Wein. »Offensichtlich gibt es kein Entkommen.« Er lächelt, aber seine Kieferpartie ist angespannt. »Ich studiere Medizin, weil ich Kinderarzt werden will, aber es läuft gar nicht gut. Mein größter Traum ist, dass ich so fucking reich werde, dass ich nie wieder arbeiten muss. Und ich habe eine Scheißangst vor der Reaktion meiner Eltern, wenn ich mein Studium nicht schaffe, was mehr als wahrscheinlich ist. Ich soll der erste Arzt in der Familie werden, und das haben sie leider der ganzen Welt erzählt.«

»Du kannst immer noch an der Kasse im Supermarkt bleiben, wenn's schiefgeht mit dem Studium«, sagt Daniel.

»Was soll ich dazu sagen, Mann? Das hilft mir echt weiter.«

»Immer gern!«

Lachend schlagen sich Daniel und Sami auf die Schultern. Ich kann die Vertrautheit und die Freundschaft zwischen ihnen fast spüren. Und ich denke: Ich bin eifersüchtig. Das ergibt keinen Sinn.

»Okay, Maxime, und wie geht deine Lebensgeschichte?«, fragt Sami, und seine Mundwinkel heben sich.

»Nun, äh, ich …«, stammelt sie. »Ich bin sechzehn, und ich gehe in die letzte Klasse der Realschule, weil das Gymnasium zu schwierig war. Aber vielleicht kann ich nach meinem Abschluss noch dorthin wechseln. Vielleicht aber auch nicht, denn Mathe fällt mir total schwer.« Sie stoppt, um Luft zu holen. »Ich muss aber eigentlich mein Abi machen, weil ich Journalismus studieren und danach beim Fernsehen arbeiten will, das ist mein Traum. Meine Eltern haben sich vor ein paar Jahren scheiden lassen. Früher wohnten wir neben Lizzy, daher kennen Lizzy und ich uns, aber dann sind wir umgezogen, und jetzt wohne ich bei meiner Mutter.«

Ich warte darauf, dass sie von Mick erzählt, aber offensichtlich existiert er nicht mehr in ihren Gedanken.

Sami lächelt freundlich. »Und wovor hast du Angst?«

»Oh, ja.« Maxime rutscht auf ihrem Stuhl hin und her. »Ich … Ich habe Angst … dass ich …« Sie bricht ab, aber setzt dann neu an. »Ich habe Angst, dass ich … mich verliere. Und dass ich die Dinge bereue, die ich tue, sie aber dann nicht mehr rückgängig machen kann, versteht ihr?«

Eine Stille tritt ein. Ich glaube, wir alle versuchen zu verstehen, was sie gerade gesagt hat.

Maxime schaut mich mit großen Augen an, aber ich weiß nicht, wie ich reagieren soll. Ihre Antwort hat mich völlig überrascht. Ich wusste nur, dass sie sich vor Clowns fürchtet.

»Ich glaube, wir alle haben hin und wieder Angst, die Kontrolle über unser Leben zu verlieren«, sagt Daniel schließlich.

Maxime lacht nervös. »Oh, aber so meinte ich es nicht«, sagt sie. »Ich habe einfach Angst, dass ich die Schule nicht schaffe, versteht ihr, und dass ich mir das ewig übelnehmen werde.«

»Kommt mir bekannt vor.« Sami grinst. »Dir auch, Daniel?«

Daniel hebt eine Augenbraue. »Geschmeidige Überleitung, damit habe ich gerade nicht gerechnet.« Er schweigt kurz. Und dann: »Mein Leben ist nicht sehr interessant. Ich bin neunzehn und studiere seit letztem Jahr Biologie, weil ich nicht willenlos zusehen kann, wie die Menschheit die Welt zerstört. Ich möchte später Klimasysteme erforschen.«

»Gute Geschichte«, sagt Sami, »bloß, dass du dieses Semester noch keine einzige Prüfung bestanden hast und dir dein

Mentor vor ein paar Wochen erzählt hat, du solltest dein Studium vielleicht lieber an den Nagel hängen.«

»Vielen Dank fürs Teilen, du Arsch«, entgegnet Daniel. »Ich habe noch bis Weihnachten Zeit, das schaffe ich schon noch.«

Sami feixt. »Wir werden sehen.«

»Und was ist deine größte Angst?«, fragt Maxime.

»Dass mich mein Vater enterbt, weil ich seinen idiotischen Erwartungen nicht entspreche. Okay«, sagt Daniel in einem Ton, der subtil verdeutlicht, dass er nicht weiter darüber reden will. »Das war ja alles sehr unterhaltsam, aber mir reicht es jetzt echt. Sollen wir rausgehen und ein Feuerchen machen?«

»Ich glaube, Anne war noch nicht an der Reihe.« Lizzy nickt mir zu.

Daniel sieht mich ausdruckslos an. »Oh ja, entschuldige«, sagt er dann. »Wie geht deine Geschichte, Anne?«

Meine Wangen werden rot. Hätte ich doch nur Wasser in meinem Glas. Es ist so warm im Zimmer, und meine Kehle ist trocken. Was soll ich sagen?

»Ich bin sechzehn und kurz vor meinem Abschluss«, fange ich heiser an. »Es läuft ganz gut. Ich weiß noch nicht, was ich danach machen will. Vielleicht studiere ich Grundschulpädagogik. Mir würde das Unterrichten gefallen.« Ich versuche, möglichst munter zu klingen, doch es bleibt irgendwie todlangweilig. »Ich habe Angst vor … Spinnen und großen Insekten.«

Ich zögere. Das wäre jetzt der Moment, ihnen von Isa zu erzählen. Aber ich will die Stimmung nicht verderben. Ich will nicht, dass sie mich bemitleiden oder mich für bedauernswert halten. Oder noch schlimmer: dass sie weiterfragen …

»Das, äh … Das war's schon«, sage ich leise.

»Okay, großartig«, sagt Daniel in einem Ton, als wäre er froh, dass es vorbei ist. »Dann gehen wir jetzt raus. Zieht euch was Warmes über, es kann ganz schön kalt sein bei dem Nebel.«

Lizzy steht auf. »Mist, meine Jacke liegt noch in meinem Zimmer. Gehst du mit, Maxime? Oben ist es so dunkel, ich trau mich nicht allein.«

»Klar, ich beschütze dich vor allen gruseligen Männern, die sich unter deinem Bett versteckt haben. Ich war früher im Kickbox-Training.« Maxime folgt Lizzy lachend in den Flur.

»Ich hole noch ein bisschen Wein und was Hochprozentiges«, sagt Daniel.

Die Wohnzimmertür fällt hinter ihm ins Schloss, und auf einmal sitzen nur noch Sami und ich am Tisch.

Wir schauen uns an.

Der Blick aus seinen braunen Augen hält mich fest, ich kann mich kaum noch bewegen.

Er zieht eine Augenbraue hoch. »Ob es an uns liegt, dass die alle weg sind?«

»Vielleicht.«

Er lacht. »Ich finde, es passt zu dir, dass du in die Grundschule willst. Du wirkst so vernünftig und viel älter als sechzehn.«

»Äh, danke«, sage ich. Zumindest glaube ich, dass es ein Kompliment ist.

»Allerdings solltest du dann unbedingt die Nudeln entfernen, wenn du vor der Klasse stehst.« Er weist mit dem Zeigefinger auf eine Stelle an meiner linken Wange.

»Echt jetzt?« Peinlich berührt streiche ich mir über das Gesicht.

Sein Grinsen wird breiter. »Sie klebt immer noch dort. Warte, ich helfe dir.«

Ich weiß nicht, ob es klug ist, trotzdem lasse ich es zu.

Seine Finger sind warm. Vorsichtig wischt er mir über die Wange und lächelt mich an.

»Yess!« Er zeigt mir das Nudelstückchen.

Ich lege die Arme um mich, und ein Schauer überläuft mich.

»Ist dir kalt?«, fragt Sami erstaunt.

Ich denke: *Mir ist nicht kalt. Ich verliebe mich gerade in dich.*

Der Gedanke ist so bizarr, dass ich Sami nur anstarren kann.

Maxime und Lizzy retten mich, weil sie ins Zimmer stürmen.

»Wir haben meine Jacke gefunden!«, ruft Lizzy. »Kommt, wir gehen raus! Party!«

Manchmal fühle ich mich so unbeschreiblich einsam. Aber ich muss daran glauben, dass es ein gutes Ende nehmen wird. Denn es gibt kaum andere Menschen, die das für mich tun ...

#sadlife

**PLAY ▶**
**Stunden: 68**

## TAPE MAXIME

**Aufnahme 1**

Äh, hallo, ich bin Maxime. Es ist noch früh, und ich sehe echt schrecklich aus ... Meine Augen sind geschwollen und meine Haare eine Katastrophe. Und ich stinke. Oh Gott, ich hasse das alles hier. Ich hasse mich selbst.

Sami sagt, es kommt bestimmt schnell Hilfe. Und morgen oder übermorgen ist das hier vorbei. Ich glaube nicht daran ... Nach allem, was Lizzy passiert ist, habe ich so eine Angst, das war so krass ... Ich fürchte, wir werden alle hier sterben.

Es ist fast so, als wären dieses seltsame Haus und dieser SCHEISSNEBEL in uns gekrochen und hätten uns alle verändert.

Ich ... Ich wusste immer ziemlich gut, wer ich bin. Maxime, das Mädchen, mit dem alle befreundet sein wollten, das immer kapierte, wie alles lief und was man tun oder sagen musste, um dazuzugehören. Aber hier bin ich niemand mehr. Hier kann ich nur weinen und dummes Zeug reden.

Ich merke schon, dass ich Anne mit meinem Gejammer verrückt mache, wodurch ich mich wiederum über sie ärgere, versteht ihr? Aber ich hasse es, dass sie einfach ruhig bleibt und sich in eine Art Alina Starkov verwandelt hat.

Ich will ihr erzählen, dass ich eine Wahnsinnsangt habe. Dass sie meine beste Freundin ist, dass ich ohne sie die Scheidung meiner Eltern nie überlebt hätte ... Dass ich ihr mehr vertraue als mir selbst. Und ... Und dass ich sie jetzt noch mehr brauche denn je. Aber stattdessen tue ich so, als würde es sie gar nicht geben, und schnauze sie nur noch an ...

Und wisst ihr, was das Allerschlimmste ist? Dass ich mich deswegen nicht einmal schuldig fühle. Ich will nur noch nach Hause. Weg aus dieser Hölle.

Ich muss noch etwas gestehen. Nicht böse werden, bitte, denn es ist doch sowieso fast aus mit Mick. Aber ich habe letzte Woche einen anderen geküsst ... Nach dem Hockeyfest, zu dem Anne nicht gehen wollte. Ich wollte es ihr erzählen, wirklich, aber ich habe mich nicht getraut, ich hatte so eine Angst vor ihrer Reaktion. Sie würde es nicht verstehen, ich meine, was weiß sie schon davon? Sie hat es ja noch nie gemacht.

Das war gemein, sorry ...

Ich ... ich habe gerade nichts mehr zu erzählen.

Tschüs.

# Stunden: 11

Die Nacht hat sich über den Wald gelegt und ihn verschluckt. Ich kann ihn nur noch hören. Das Rascheln der Blätter, das Stöhnen des Windes. Und manchmal den klagenden Ruf eines Tieres. Aber niemand außer mir lauscht.

Wir fühlen uns unschlagbar. Kämpfer, laut Sami, der neben Daniel sitzt und sich einen Joint mit ihm teilt. »Legenden!«, ruft Lizzy, während sie ausgelassen mit Maxime zu *Cupid's Chokehold* um die Flammen im Feuerkorb tanzt. Meiner Ansicht nach sind wir einfach nur betrunken. Trotzdem fühlt es sich gut an.

Heute Morgen kannte ich nur Maxime. Jetzt weiß ich, dass Daniel die Welt retten will, dass Lizzy eine schlechte Beziehung zu ihren Adoptiveltern hat und dass Samis Augen leuchten, wenn er mich anlächelt. Ich weiß auch, dass ich noch sehr viel nicht weiß, aber das scheint in diesem Moment nicht wichtig.

Dieser Abend gehört uns. In gewisser Hinsicht fühlt es sich an, als wären wir Freunde geworden.

Es ist, als hätte mein Gehirn nach ein paar Gläsern Wein und Wodka-Cola all meine früheren Unsicherheiten und Zweifel vergessen. Ich trinke noch einen Schluck von meinem Mixgetränk und lehne mich vorsichtig in ein Kissen in der Sitzkuhle zurück. Maxime und Lizzy schwenken ihre Arme wild zum Bass der Musik. Daniel hat die Lautstärke der Bluetooth-Speaker noch ein wenig hochgedreht.

Das Licht des Feuers streicht über ihre Gesichter. Ich sehe, wie Maxime Lizzy anlacht. Ihre langen blonden Haare glänzen im Schein der Flammen. Eine Locke weht im Wind. Sie streicht sie lässig zur Seite und trinkt einen großen Schluck Wodka-Cola.

So wie sie dort steht, wirkt sie viel älter als sechzehn. Es ist, als könnte ich sie aus der Distanz betrachten und zum ersten Mal sehen, wie schnell sie erwachsen geworden ist. Ich sehe in ihr ein Mädchen, das es nicht mehr gibt, nur noch in meiner Erinnerung.

Ich spüre ein Kitzeln in den Augen und schlucke ein paarmal. Ich will nicht erwachsen werden. Ich will Maxime nicht immer weiter verlieren. Könnte ich die Zeit doch nur einfrieren. Oder noch besser: ein halbes Jahr zurückdrehen …

*Nicht daran denken, Anne, nicht jetzt.*

Maxime und Lizzy umarmen sich. Lizzy hebt den Arm, in dem sie ihr Handy hält, und ich beobachte den idiotischen Tanz, den sie ein paarmal wiederholen. Und wie sie sich danach kaputtlachen. Offenbar haben sie ein TikTok gemacht. Ohne mich …

Ich versuche, es nicht schlimm zu finden, und schaue zum Himmel auf der Suche nach dem Mond oder den Sternen. Aber es ist ein schwarzes Loch. Nach einer Weile wird mir davon schwindelig, und ich setze mich wieder aufrecht hin.

Daniel lässt die Wodkaflasche herumgehen. »Sorry, Leute, das wird Wodka pur, Cola ist aus. Dann gehen wir morgen eben zum Supermarkt im Dorf. Prost!«

Alle Gläser werden gehoben. Wir schauen uns an, und ich sehe, wie sich die Flammen in unser aller Augen spiegeln. Es ist, als würde etwas in uns brennen.

»A night to remember«, sagt Daniel und leert sein Glas in einem Zug. »Auf das Universum und die Freundschaft.«

»Auf das Universum und die Freundschaft«, wiederholen wir und folgen seinem Beispiel. Das Zeug versengt mir die Kehle, und ich muss mich sehr anstrengen, es nicht auszuspucken.

»Wusstet ihr, dass Wodka im Russischen ›saufen‹ bedeutet?« Sami zieht ein letztes Mal an seinem Joint und schnipst die Kippe in den Feuerkorb.

»Bullshit«, antwortet Daniel. »Wodka bedeutet ›Wasser‹.«

»No way. Warum glaubst du eigentlich immer, dass du recht hast?«

»Das glaube ich nicht, das ist so«, sagt Daniel mit einem schiefen Lächeln. »Guck's nach.«

»Okay, wetten wir um fünfzig Euro, dass es ›saufen‹ bedeutet?« Sami zieht sein Handy aus der Hosentasche und wischt über das Display. »Mist, hier draußen ist kein Empfang. Ich geh mal kurz rein.«

Er macht Anstalten, aufzustehen, als Lizzy ruft: »Stopp! Bleib doch bitte sitzen. Wen interessiert es schon, was Wodka bedeutet?« Sie seufzt. »Warum müsst ihr bloß immer über alles diskutieren? Sagt doch mal was Nettes zueinander. Oder könnt ihr das nicht?«

Daniel und Sami schweigen abrupt, und ich sehe, wie sie einen kurzen Blick wechseln. Dann sagt Daniel mit einem Grinsen: »Aber sicher können wir das. Okay, Sami-Boy, trotz deiner schlechten Russischkenntnisse und deiner jetzt schon gescheiterten Karriere als Arzt liebe ich dich.«

Sami seufzt tief. Am liebsten würde ich ihm sagen, er bräuchte sich nicht zu schämen und dass wir uns heute Abend alle lieb haben.

»Also gut, Mann, ich liebe dich auch«, sagt er bedächtig. »Schon seit unserem allerersten Treffen, als du mit diesen idiotisch teuren Fußballschuhen und dem Designer-Trainingsanzug ankamst.«

»Du vergisst zu erzählen, dass du da standest, als wärst du gerade zum besten Fußballer der Welt gewählt worden.«

Wir lachen alle. Daniel legt einen Arm um Sami, und sie klopfen sich gegenseitig freundschaftlich auf die Schultern.

Eine Bö bläst durch die Sitzkuhle und lässt die Flammen hoch auflodern. Der Feuerschein wirft lange Schatten hinter uns, und es sieht aus, als wären wir plötzlich viel mehr Personen.

»Kommt – erzählt uns doch, wie ihr euch kennengelernt habt!«, bittet Maxime. »Das klingt nach einer lustigen Geschichte.«

Sie kichert sehr übertrieben, als Daniel von diesem ersten Fußballtraining erzählt, bei dem Sami und er noch niemanden kannten und sie gerade mit dem Studium angefangen hatten. Lizzy sagt, Daniel habe nur mit dem Fußball angefangen, weil sein Vater früher Hockey gespielt hätte. Und Sami liefert Argumente, weshalb Daniel der schlechteste Fußballer der Welt ist. Alle reden jetzt durcheinander.

Aber ich höre es nicht mehr. Die Töne von Olivia Rodrigos *Drivers License* klingen auf einmal durch die Nacht, hoch und klar. Ich muss einfach zuhören. »But today I drove through the suburbs. Crying cause you weren't around …«

Alles Gerede und alle Hintergrundgeräusche verschwinden. Der Wald verschwindet. Es gibt nur noch dieses Lied, als hätte es ein Vakuum um mich erzeugt.

Und plötzlich denke ich an Isa. Ich kann es nicht mehr verhindern.

*Du konntest nicht wissen, dass dieses Auto nicht bremsen würde*, sage ich mir. *Du warst ganz woanders und hast von oben auf die Kreuzung geschaut. Und du dachtest: Das linke Mädchen sieht, wie ein Auto mit hoher Geschwindigkeit heranbraust. Warum warnt sie das Mädchen nicht, das rechts neben ihr auf dem Rad fährt? Sie selbst bremst gerade noch rechtzeitig, wodurch das Auto voll das andere Mädchen trifft … Warum hat sie das geschehen lassen? Wie kann sie sich selbst noch in die Augen schauen?*

Ich atme ein paarmal tief ein und aus, aber plötzlich ist mir wieder furchtbar schwindelig.

Im Wald bewegt sich die Nacht, ganz leicht. Meine Muskeln spannen sich an, und ich rappele mich auf. Irgendwas an dieser Bewegung … Ich spähe in die Finsternis, und für einen kurzen Moment glaube ich, eine Silhouette zwischen den Bäumen hindurchschlüpfen zu sehen.

Mein Atem stockt, und mir wird noch schwindeliger. Das kann nicht …

Schwankend mache ich ein paar Schritte nach vorn. Ich merke kaum, dass ich über etwas stolpere und dass etwas umfällt. Ich sehe einen Schatten zwischen den dunklen Baumstämmen. Reglos. Der Schatten hat ungefähr die gleiche Gestalt wie Isa. Irgendwie weiß ich, dass das nicht wirklich ist. Dass ich betrunken bin. Dass ich Dinge sehe, die nicht da sind. Dass ich wahrscheinlich auf einen Baum starre. Aber trotzdem habe ich das Gefühl, dass der Schatten mitten durch mich hindurchschaut.

»Anne!« Jemand ruft meinen Namen. Oder bilde ich mir das auch ein?

Aus dem Augenwinkel sehe ich, wie sich etwas bewegt, und für eine Sekunde bin ich abgelenkt. Als ich wieder hinschaue, ist der Schatten verschwunden.

Plötzlich ist mir kalt.

*Warum hat Isa das Auto nicht gesehen? Warum habe ich nichts gesagt?*

Ich spüre den nassen Nebel auf meinen Wangen. Oder sind es Tränen? Ich will hier weg. Ich will allein sein und mich unter einer Decke verkriechen. Alles vergessen.

»Anne!« Die Stimme klingt jetzt laut, verärgert. »Bist du taub?«

Verwirrt drehe ich den Kopf …

Und starre Maxime direkt ins Gesicht.

»Du hast eben wie ein Elefant eine Flasche Wodka umgestoßen«, schnauzt sie. »Ich habe schon zehnmal deinen Namen gerufen. Was ist denn mit dir los?«

»Da stand jemand«, sage ich heiser.

»Hä, was?« Maxime schaut mich an, als ob ich verrückt geworden wäre.

»Dort!« Ich zeige zum Waldrand, wo die Bäume wie lange, nachtschwarze Schatten wachen.

»Du meinst, du hast einen Baum gesehen?« Maxime fängt an zu kichern. »Du hast zu viel gesoffen, An, willkommen im Club!«

Die anderen müssen auch lachen, und ich spüre, wie meine Wangen rot werden.

»Nein, nein, da stand wirklich jemand und hat uns beobachtet, glaubt mir, bitte«, stammele ich mit Tränen in den Augen.

Es wird totenstill, und alle starren mich an. Schweigend, erstaunt, vielleicht sogar peinlich berührt. In Maximes Augen sehe ich Mitleid, was noch viel schlimmer ist.

»Ich glaube, wir brauchen dringend noch einen«, durchbricht Daniel die Stille und schenkt uns mit dem kleinen Rest

Wodka nach, der noch in der Flasche ist. »Auf alle Schatten in unserem Leben. Auf dass wir sie besiegen!«

»Epischer Text«, sagt Sami. »Darkness will never win.«

Alle Gläser werden gehoben. »Prost!«

Ich hole tief Luft. »Prost!«, sage ich mit rauer Stimme.

Unsere Gläser berühren sich, und fast scheint alles wieder normal. Aber ich sehe in ihrer aller Augen, dass sie sich fragen, was um Himmels willen da gerade vorgefallen ist.

# Stunden: 21

Das Tageslicht schmerzt in meinen Augen, und mir ist immer noch schlecht. Wie soll ich nur diesen Tag überleben? Durch die Wimpern spähe ich zu Maximes Bettseite hinüber. Sie ist schon aufgestanden … Irgendwie ist es eine Erleichterung, dass ich jetzt nicht mehr mit ihr über den gestrigen Abend reden muss. Ich will mich umdrehen, aber die Bettdecke rutscht zu Boden. Mit einem Seufzer heb ich sie hoch und rolle mich wieder ein, wie ein Würstchen. Dabei kullert eine ganze Steinlawine durch meinen Kopf. Ich bleibe stocksteif liegen.

In der Nacht habe ich kaum geschlafen, weil ich überall Geräusche hörte, die ich nicht einordnen konnte. Ein seltsames Ticken irgendwo im Haus, ein leises Trommeln auf dem Dach, Treppenstufen, die knarzten, ohne dass sie betreten wurden. In dieser Hütte schien die Nacht zu leben.

Maxime hatte noch draußen am Feuerkorb gesessen … Sie hatte nicht protestiert, als ich sagte, ich würde jetzt schlafen gehen. Niemand hatte protestiert. Wahrscheinlich waren sie froh, dass ich endlich wegging und sie über mich reden konnten. Ich konnte fast hören, was sie sagten: »Lieber Himmel, was war denn mit der los? Flippt sie aus?«

Und Maxime, die mit niedergeschlagenen Augen antwortete: »Ihre Schwester ist vor einem halben Jahr mit dem Rad verunglückt, als sie mit Anne zur Schule fuhr. Anne bremste, wodurch ihre Schwester voll von einem Auto angefahren wurde, das von links kam. Sie war sofort tot. Anne blieb unverletzt.«

»Heilige Scheiße, das ist heftig.«

»Ja, die Polizei hat Anne sogar noch zur Befragung mitgenommen. Aber nach einer Stunde durfte sie wieder gehen.«

»Nicht dein Ernst.«

»Doch, die ganze Schule weiß Bescheid.«

Ich presste mein Gesicht ins Kissen. Plötzlich hätte ich so gern meine Eltern angerufen. »Papa, Mama, ich vermisse euch«, hätte ich dann gesagt. »Kommt ihr mich bitte abholen, am liebsten jetzt sofort?«

Aber ich konnte es nicht. Ich wollte auch nicht zu Hause sein, wo die Stille so groß ist, dass ich manchmal kaum zu atmen wage. Und wo meine Eltern oft schweigend neben mir sitzen, weil ich sie jeden Tag daran erinnere, dass es mit Isa auch anders hätte ausgehen können.

Komm schon, An, hatte ich mir zittrig zugeredet, lebe dein Leben. Dieses Unglück ist im Bruchteil einer Sekunde passiert, dir blieb gar keine Zeit zum Nachdenken oder um sie zu warnen. Isa hätte dir nie die Schuld an diesem Unglück gegeben. Aber noch während ich das dachte, war ich davon nicht ganz überzeugt.

Als ich endlich eingeschlafen war, träumte ich von einem Schatten, der durch unser Zimmer schlich. Wahrscheinlich war es Maxime auf dem Weg ins Bett, aber ich war zu müde, um die Augen aufzumachen. Ich versank in einem merkwürdig unruhigen Schlaf und hörte nur noch, wie eine Tür irgendwo im Haus geöffnet wurde, doch ich glaube, das habe ich auch nur geträumt.

Seufzend angele ich mein Handy vom Nachttisch und öffne meine Kamera. Ich sehe aus wie eine Obdachlose mit meinem weißen Gesicht, den Augenringen und ungekämmten Haaren … Ich strecke mir selbst die Zunge heraus und will mein

Handy zurücklegen, als ich in der Displayecke sehe, dass der Akku nur noch zwölf Prozent hat. *Shit, wieso hat das Ladegerät heute Nacht nicht funktioniert?* Ich drücke das Kabel noch ein weniger fester in die Buchse, aber es erscheint kein Blitz im Batteriesymbol. Ob die Steckdose kaputt ist?

Von unten höre ich jede Menge Geräusche. Das Klappern von Tellern, Gläser, die auf den Tisch gestellt werden, die tiefen Stimmen von Daniel und Sami. Ich höre, wie Maxime etwas sagt, woraufhin jemand »Fuck« ruft, ich glaube, es ist Daniel. Sie klingen alle, als wären sie schon seit Stunden wach.

Ich quäle mich aus dem Bett. Auf dem Boden liegen meine Kleider von gestern, formlose Häufchen, über den ganzen Boden verteilt. Ich raffe sie zusammen und schlurfe ins Badezimmer. Vielleicht fühle ich mich nach dem Duschen besser. Irgendwann muss ich ihnen sowieso unter die Augen treten.

Stell dir vor: Eines Abends öffnest du die Haustür und gehst nach draußen. Du hast es eilig, weswegen es dir nicht sofort auffällt. Aber nach etwa fünf Metern merkst du auf einmal, dass alle Straßenlaternen aus sind, dass hinter den Fenstern der Häuser kein Licht brennt, dass der Himmel über dir pechschwarz ist, als wäre alles Licht in der Stadt erloschen.

Und dass niemand sonst draußen ist.

Als Erstes wirst du wahrscheinlich dein Telefon nehmen und nachsehen, ob irgendwas passiert ist. Aber du hast keinen Empfang.

Du starrst vor dich hin, mit einem gewissen Unbehagen. Die Stille ist zu still. Gerade als du beschließt, wieder reinzugehen, und dir sagst, dass es bestimmt eine logische Erklärung gibt, die du hier auf der Straße aber nicht finden wirst, rennt eine Gruppe von Menschen auf dich zu. Du siehst die Angst in ihren Augen – als hätten sie etwas gesehen, was sie nie wieder sehen wollen.

»Du musst weg!«, schreit ein Junge aus der Gruppe. »Du schaffst es nicht, wenn du dort stehen bleibst!«

»Was meinst du?«, rufst du.

Aber er ist schon an dir vorbei und hält nicht an.

Würdest du hinter dieser Gruppe herrennen? Oder würdest du denken, die Leute seien verrückt geworden? Interessante Frage, meinst du nicht? Es ist nämlich nicht unwahrscheinlich, dass dein kleines ruhiges Leben, an das du so gewöhnt bist, irgendwann abrupt zu Ende ist. Und manchmal geschehen Dinge, die du nicht erwartest. Das geht ziemlich tief, ich weiß. Ich werde es einfacher machen für dich. Es läuft darauf hinaus, dass es im Leben keine Garantien gibt. Außer, dass man stirbt. Der eine ein wenig früher als die andere.

**PLAY ▶**
**STUNDEN: 82**

## TAPE SAMI

**Aufnahme 1**

Jetzt bin ich also dran und sitze hier. Das erinnert mich ein bisschen an den Beichtstuhl bei *Expedition Robinson.* Hallo, liebe Zuschauer zu Hause, ich bin Sami, und wir haben gerade jemanden abgewählt. Das fühlt sich ziemlich scheiße und egoistisch an, auch wenn alle sagen, dass es keine andere Lösung gab und dass wir uns ehrlich an die Spielregeln gehalten haben.

Aber irgendwie bin ich auch sehr erleichtert, dass ich es nicht selbst bin. Ich will noch nicht sterben, versteht ihr? Mein Leben bis hierher ist ein einziger großer Fehlschlag. Zu Hause, in der Schule, im Studium ... nichts läuft gut.

Und jetzt bin ich hier eingesperrt in einem kalten, dunklen Haus ohne Aussicht auf ein gutes Ende ... Und wisst ihr, was daran so irre ist? Zum ersten Mal in meinem Leben bin ich total verliebt. Ich ... ich muss es hier einfach erzählen. So hat es doch wenigstens kurz existiert, wenn sich das später mal jemand anschaut und ... und es mich eventuell nicht mehr gibt. Meine Eltern werden mich hassen – es ist nicht das marokkanische Mädchen, das sie vielleicht vor Augen haben.

Aber – im Augenblick ist es mir völlig egal, was sie davon halten.

Wenn ... wenn ich tot bin, merke ich sowieso nichts mehr davon.

Und für den Dreckskerl, der uns hier festhält, habe ich auch noch eine Nachricht. Spionierst du uns nach? Macht dich das an? Holst du dir auf unser Elend einen runter?

Wenn ich dein jämmerliches Kackgesicht jemals sehen sollte, schlage ich es zu Brei, das schwöre ich dir!

# Stunden: 22

»Hey, Anne, ich wollte dich gerade wecken«, sagt Maxime, als sie mich in der Tür stehen sieht. »Setz dich schnell, das Frühstück ist fertig. Hast du gut geschlafen?«

»Geht so«, murmele ich. »Ich glaube, mit der Dusche stimmt was nicht. Das Wasser war nur lauwarm.«

Alle schauen mich an. Ich versuche, in ihren Augen einen Hinweis darauf zu finden, dass sie über Isa informiert sind.

Aber ich sehe kein Mitleid. Oder noch schlimmer: abgewandte Blicke, weil sie nicht wissen, wie sie sich verhalten sollen. Sie schauen neutral. Freundlich sogar.

»Ja, stimmt«, sagt Daniel. »Offenbar ist heute Nacht der Strom ausgefallen, wodurch weder der Wasserboiler noch die Heizung funktionierten. Erst vor einer Viertelstunde ist alles wieder angesprungen. Vielleicht hat es irgendwo im Haus einen Kurzschluss gegeben?« Er zuckt mit den Schultern. »Ich habe dem Vermieter eine Mail geschickt, um es zu melden.«

»Willst du Tee, Anne?« Sami hält die Teekanne hoch. »Es wird eine Weile dauern, bevor es hier wieder warm ist.«

»Ja, danke dir«, sage ich und setze mich neben Maxime.

Er schenkt mir ein. »Wie fühlst du dich?«

Ich schaue ihn an. Seine Haare fallen ihm lockig und ungekämmt über die Stirn, und er trägt einen verwaschen aussehenden dunkelblauen Pullover, der ihm aber ausgezeichnet steht.

»Ich … ich habe leichte Kopfschmerzen«, sage ich leise, während ich mir die Hände am Teebecher wärme.

»Ich glaube, die haben wir alle nach gestern Abend.« Sami lächelt und legt den Kopf schief. »Ich habe oben Paracetamol, wenn du willst.«

Jedes Mal, wenn er mich so anlächelt, aufrichtig und interessiert, spüre ich das unsichtbare Band zwischen uns. Das habe ich bislang noch nie bei einem Jungen gespürt. Ich versuche, in seinen Augen zu lesen, ob er dasselbe empfindet, aber er schaut schon wieder in eine andere Richtung.

»Danke, aber ich glaube, es geht auch so«, stammele ich mit roten Wangen.

Lizzy nimmt einen Cracker und bricht ein winziges Stück davon ab. »Leute, hat jemand meinen Kulturbeutel gesehen?«, fragt sie. »Er ist schwarz mit silbernen Sternchen.« Sie presst die Lippen aufeinander.

Unter ihren Augen sehe ich dunkle Ringe, und ihre Haut ist blass. Offensichtlich hat sie heute Nacht auch schlecht geschlafen.

Sami grinst. »Nein, tut mir leid, ich habe mir deine Mascara heute Morgen nicht ausgeliehen. Der Beutel liegt bestimmt irgendwo im Bad. Oder in deinem Zimmer.«

»Nein, ich habe schon überall gesucht.« Seufzend fährt sie sich mit der Hand durch die Haare. »Sogar unter meinem Bett.«

»Du kannst gern mein Make-up benutzen«, bietet Maxime an. »Und ich glaube, ich habe sogar noch eine neue Zahnbürste mit.«

»Das ist total lieb.« Lizzy lächelt ihr zu. »Aber da sind noch einige andere Sachen drin, die ich brauche. Ich fürchte, ich habe ihn zu Hause liegen lassen.«

Daniel lehnt sich auf seinem Stuhl zurück und sieht Lizzy an. »Müssen wir zurück nach Utrecht?«

Sie zieht eine Grimasse. »Haha, Scherzkeks, dann sind wir vier Stunden unterwegs. Ich suche lieber noch mal gründlicher.«

»Gibt es noch so ein Aufbackbrötchen im Ofen?«, fragt Sami und hält den leeren Brotkorb in die Höhe.

»Nein, tut mir leid, ich habe gerade das letzte genommen«, sagt Daniel und feixt. »Aber Cracker sind noch da.«

»Lass nur.« Sami stellt das leere Körbchen auf die Anrichte. »Und welcher Depp hat sich überlegt, dass sechs Aufbackbrötchen reichen?«

»Ich habe für das Frühstück eingekauft, sorry!« Lizzy kichert, sie scheint ihren Kulturbeutel schon wieder vergessen zu haben. »Ich frühstücke morgens normalerweise nichts oder höchstens mal einen Apfel.«

»Mädchen.« Sami schüttelt den Kopf. »Bist du dann vielleicht auch diejenige, die gestern Abend als Letzte reinkam?«

»Nein, warum fragst du?«

»Weil die Haustür heute Morgen sperrangelweit offen stand. Nicht unbedingt sinnvoll.«

»Als Max und ich schlafen gegangen sind, warst du mit Daniel noch am Feuerkorb.« Sie zuckt mit den Schultern, als fände sie das alles nicht so interessant. »Also nehme ich an, dass ihr es selbst vergessen habt.«

»Ich bin mir ziemlich sicher, dass ich beim Zähneputzen noch jemanden draußen gehört habe«, beharrt Sami. »Ich dachte, du wärst das gewesen, aber dann habe ich wahrscheinlich etwas anderes gehört.«

»Nehme ich auch an.« Sie schiebt ihren Teller mit dem Cracker zur Seite. »Was machen wir heute eigentlich? Hat jemand eine schöne Idee?«

»Wir laufen in das malerische Dorf Walik und gehen zum

örtlichen Supermarkt, *Miss Smart Ass*«, sagt Daniel. »Wir haben keine Vorräte mehr, auch dank deiner Einkaufspolitik.«

»Doofmann«, murmelt Lizzy, aber es klingt freundlich. Und sie scheint es auch so zu meinen, denn sie lächelt ihn an.

Daniel nimmt sein Handy und öffnet ein Memo. »Okay, legt los, was brauchen wir? Brot, Aufschnitt, Alkohol …«

»Und ein paar Flaschen Cola«, sagt Sami. »Sonst können wir heute Abend kein Wodka-Cola …«

Plötzlich ertönt ein hohes, seltsames Summen. Die Lampe über dem Tisch flackert. Und zischt. Es hört sich fast so an, als läge die Birne im Todeskampf. Und dann fällt das Licht aus. Das bleiche Tageslicht, das übrig bleibt, zieht uns alle Farbe aus den Gesichtern.

»Scheiße«, flucht Daniel.

»Wie kann das sein?«, fragt Lizzy erschrocken.

»Der Strom ist wieder ausgefallen«, sagt Daniel. »Ich glaube, wir haben ein kleines Problem.«

Sami nickt. »Understatement. Es ist arschkalt hier.«

Maxime schlingt die Arme um ihre Mitte. »Was … was könnte das sein?«

»Es ist ein altes Haus, das könnte alles Mögliche sein.« Daniel runzelt die Stirn. »Und vielleicht ist es ja eine landesweite Störung. Wer weiß das schon?«

Ich beiße mir auf die Lippe. Daniels Blick macht mich nervös.

»Wartet mal.« Sami springt von seinem Stuhl auf und läuft zur Tür. »Das wird zwar vielleicht nicht helfen, aber man weiß ja nie.«

Er bewegt den altmodischen Lichtschalter ein paarmal von links nach rechts. Klick, klick. Klick, klick.

»Mann«, sagt Daniel, »das hat doch gar keinen …«

Da springt die Lampe über dem Tisch plötzlich wieder an.

Wir klatschen und jubeln alle.

Sami hebt die Hände und kommt lachend zu uns zurück. »Magic hands.«

»Schwachsinn«, kommentiert Daniel. »Das war einfach nur Glück. Ich bin gespannt, was du heute Abend mit diesen glatten Händchen machen wirst. Was soll ich für dich auf die Einkaufsliste schreiben? Oder hast du vergessen, dass du versprochen hast, heute Abend zu kochen?«

»Natürlich nicht.« Sami zieht spöttisch eine Augenbraue hoch. »Ich bereite mich schon seit Stunden auf die raffiniertesten Rezepte vor. Schreib mal Pita-Brötchen auf die Liste. Und Knoblauch, griechischen Joghurt, Hühnchen, Salat und ein paar Gewürze.«

»Shoarma, sehr raffiniert, wirklich.«

Sami und Daniel geben sich lachend ein High five.

Lizzy geht zur Anrichte und füllt den Teekessel erneut mit Wasser. »Wann wollt ihr eigentlich zum Supermarkt?«, fragt sie, während sie aus dem Fenster schaut. »Wir befinden uns gerade in so was wie einer Nebelwolke.«

Ich starre über ihre Schulter ins Freie. Der Nebel hängt so tief, dass die Baumwipfel wie ausradiert wirken. Es hat etwas Unheimliches, als hätte die Welt aufgehört zu existieren.

»Wir können auch noch warten«, sagt Daniel abwesend, während er die Daumen über das Display seines Handys bewegt. »Der Nebel wird sich gleich lichten. Ich habe auf *Wetter online* gesehen, dass …« Mitten im Satz bricht er ab.

»Was hast du auf *Wetter online* gesehen?«, fragt Lizzy mit einem Teebeutel in der Hand.

Er antwortet nicht und starrt auf seinen Bildschirm.

»Daniel!«

Er hebt den Kopf, in seinen Augen liegt ein seltsamer Ausdruck. »Ich habe gerade über Insta eine ziemlich absurde Nachricht bekommen«, sagt er tonlos. »Vielleicht solltet ihr euch das auch mal anschauen.«

Er dreht sein Handy um, und wir beugen uns alle vor. Ich kneife die Augen zusammen, um die kleinen Buchstaben lesen zu können.

Über der Nachricht ist ein schwarzes Profilfoto, auf dem fast unsichtbar zwei dunkelgraue Flügel abgebildet sind.

Angel prophecies | 
Angel prophecies

Dies ist eine Notmeldung! Dein Leben ist in Gefahr. Das ist kein Witz und keine Fake-Nachricht. Geh nicht raus, wenn du am Leben bleiben willst! Schließe alle Fenster und Türen. Mach die Vorhänge zu. Es wird viele Tote geben. Warte auf nähere Anweisungen. Schütze dich selbst und die Menschen, die du liebst. Only the truth will set you free.

Blockieren Entfernen Akzeptieren

Voller Unbehagen starren wir uns an. Wir wissen alle, dass es sich um einen Scherz handeln muss, aber es fühlt sich gar nicht lustig an …

»Checkt doch bitte mal, ob ihr auch so eine Nachricht bekommen habt«, sagt Daniel. In der Stille klingt seine Stimme wahnsinnig laut.

Wir tun sofort, was er sagt. Ich angele mein Handy aus der Jeanstasche. Meine Hände zittern ein wenig, als ich mein Instagram öffne. Schon auf den ersten Blick sehe ich oben bei meinen Nachrichten das schwarze Profilfoto mit den Flügeln. Entgeistert starre ich auf den ersten Satz: *DAS IST EINE NOTMELDUNG!*

Ich höre Maxime »Fuck!« rufen. Lizzy, die sagt: »Ich habe es auch. Und du?« Sami, der eine bestätigende Antwort gibt.

»Dann haben wir alle diese Nachricht bekommen«, sagt Daniel langsam.

Maxime schlägt sich die Hände vor das Gesicht. »Was bedeutet das?«

Sami räuspert sich. »Nichts. Wahrscheinlich erlaubt sich bloß jemand einen blöden Scherz.«

»Fuck!«, sagt Maxime noch einmal.

»Könntest du bitte damit aufhören?«, fragt Lizzy.

»Womit?«

»Diesem Gefluche!«

»Oh, sorry …«

In Maximes Augen glitzern Tränen. »Mensch«, sage ich, um sie zu beruhigen. »So eine Nachricht kann doch jeder schicken. Das ist einfach ein Fake-Account.«

Lizzy setzt sich aufrecht hin. Sie klingt überraschend ruhig, als sie sagt: »Genau. Du kennst doch *Blue Whale?* Dieses Suizid-Game? Am Anfang haben das auch viele Leute geglaubt.«

»Aber *Blue Whale* war eine Challenge.« Maxime zieht die Nase hoch. »Laut dieser Nachricht ist etwas ganz Schlimmes passiert.«

»Entspann dich, Maxi.« Lizzy wischt ein paarmal über ihr Handydisplay. »Das ist der Beweis, dass gar nichts passiert ist. Auf *News online* steht nichts. Weder ist eine Atombombe abgeworfen worden, noch gibt es eine Tsunamiwarnung, niemand hat Zombies entdeckt, und es gibt auch keinen tödlichen

Virenausbruch oder irgendwas anderes Idiotisches. Die wichtigste Nachricht des Tages ist, dass die Immobilienpreise weiter gestiegen sind, aber das scheint mir nicht lebensbedrohlich. Dieser Bericht ist einfach eine Falschmeldung, ein blöder Hoax.«

Maxime lacht vorsichtig. »Okay, Entschuldigung, ich habe mich kurz gehen lassen.«

»Kein Thema.« Lizzy stimmt in das Lachen ein. »Und wenn doch noch Zombies kommen, fange ich sie für dich.«

»Ich glaube, dann sollten wir lieber rennen, und zwar so schnell wie möglich.«

Beide kriegen sich nicht mehr ein vor Lachen.

»Trotzdem ist es seltsam«, sagt Sami, der sie nicht weiter beachtet. »Dieser Account hat mehr als 400.000 Follower und nur einen einzigen Post. Ein schwarzes Foto mit der Überschrift: *THIS IS HOW THE TRUTH LOOKS. ONLY PEOPLE WHO CAN SEE THE TRUTH WILL SURVIVE.* Die Kommentare sind deaktiviert. Vielleicht ist das irgendeine komische Sekte.«

»Blockiert den Arsch doch einfach, dann belästigt er uns nie wieder.« Lizzy schüttelt den Kopf, als sei sie der Ansicht, wir würden uns absichtlich anstellen.

»Gutes Argument«, sagt Daniel. »Done!«

»Auch gecancelt«, sagt Sami und macht ein Victoryzeichen.

»Ich auch«, sagt Maxime.

Als Letzte drücke ich selbst unter der Nachricht auf Blockieren. »Erledigt«, murmele ich.

Lizzy gibt einen zufriedenen Brummton von sich.

»Fein, brave Kinder! Und jetzt hören wir damit auf. Ich koche Kaffee. Wer will eine …«

Die Lampe über dem Tisch flackert ein paarmal und erlischt. Es wird totenstill.

»Fackerdefackerdefack«, flucht Daniel. »Nicht schon wieder!«

»So allmählich wird es wirklich nervig«, sagt Sami mit einem scharfen Unterton.

»Es … Es ist doch nichts passiert? Das hat doch nichts mit diesen Nachrichten zu tun?« Maximes Stimme überschlägt sich.

»Nein, natürlich nicht.« Lizzy lächelt sie an. »Zu Hause fällt der Strom doch auch hin und wieder aus. Das haben wir gleich wieder.«

Daniel steht auf. »Ich schaue mal im Sicherungskasten, ob das Problem dort liegt. Könnte jemand prüfen, ob es vielleicht eine landesweite oder örtliche Störung gibt?«

»Tut mir leid, aber das WLAN ist auch ausgefallen.« Lizzy seufzt. »Und ich habe hier keinen Empfang.«

Es bleibt einen Moment still.

Dann zuckt Daniel mit den Schultern. »Wir kommen schon dahinter, was es war.« Er geht zur Küchentür. »Ich meine, der Sicherungskasten hängt unter der Treppe.«

Sami stellt sich neben ihn. »Ich helfe dir. Aber ich glaube nicht, dass wir dieses Problem mit einer Sicherung lösen können.«

Daniel runzelt die Stirn. »Wieso nicht?«

»Weil es im ganzen Haus keinen Strom gibt. Oder es muss irgendwo einen Kurzschluss gegeben haben, wodurch alle Sicherungen rausgesprungen sind.«

Das Stirnrunzeln vertieft sich. »Du könntest recht haben. Aber dann muss es ein Problem mit der Hauptleitung geben.«

Sami nickt. »Lass uns erst mal diesen Sicherungskasten anschauen.«

Gemeinsam gehen sie in den Flur. Die Küchentür fällt hinter ihnen zu. Ich höre sie in gedämpftem Ton miteinander reden. Und dann wird es still.

Lizzy, Maxime und ich tun so, als wäre alles in Ordnung. Ich trommele mit den Fingern auf die Tischplatte und lehne mich auf dem Stuhl zurück. Maxime schiebt einen Brötchenkrümel auf ihrem Teller hin und her. Und Lizzy starrt auf ihr Handy.

»Mist, es ist fast leer.« Sie seufzt. »Das Ding hat heute Nacht nicht geladen wegen der Stromstörung. Hat zufällig jemand eine Powerbank mitgenommen?«

Maxime zögert, als wäre es eine Fangfrage. »Äh, nein, tut mir leid.«

Lizzy seufzt. »Ich hatte zu Hause die letzten Folgen von *The Society* heruntergeladen, die wollte ich mir nach dem Frühstück anschauen.«

Auf meinem Display sehe ich, dass ich auch nur noch acht Prozent habe. Der Tag kommt mir plötzlich endlos lang vor …

Irgendwo in der Hütte gibt es einen lauten Schlag. Wir schauen uns an.

»Was war das?« Maximes weißes Gesicht verrät, dass sie Angst hat.

»Das sind bestimmt nur die Jungs«, sagt Lizzy beruhigend. »Ich nehme an, sie kriegen die Tür vom Sicherungskasten nicht auf oder so was.«

Ich spitze die Ohren, aber es ist wieder totenstill. Ganz entfernt höre ich leise Schritte über uns, oder bilde ich mir das nur ein? In Gedanken sehe ich Sami und Daniel, wie sie auf der Suche nach dem Kasten in alle Zimmer gehen.

»Sie kommen bestimmt gleich zurück«, sagt Lizzy.

»Ja«, antworte ich und schaue in den grauen Nebel draußen. Es hat etwas Unheilvolles, tagsüber in einem dämmrigen Haus zu sitzen.

»Meint ihr, wir könnten jetzt schon ins Dorf?«, frage ich.

»Bloß nicht«, widerspricht Lizzy resolut. »Man sieht wirklich nichts. Wir warten lieber, bis …«

Bevor sie ihren Satz zu Ende bringen kann, öffnet sich die Küchentür, und Sami und Daniel kommen zurück.

»Hat es geklappt?«, fragt Lizzy.

»Nein, leider nicht«, sagt Daniel. »Wir müssen wohl noch ein wenig länger in der Kälte hocken.«

Lizzy macht ein verzweifeltes Gesicht. »Im Ernst?«

Daniel nickt und geht zur Anrichte, um sich die Hände zu waschen, die voller schwarzer Flecken sind. »Vielleicht ist ja im Wald eine Leitung gerissen.«

Er sieht zu Sami hinüber, und ein paar Sekunden starren sie sich schweigend an.

»Ja, so etwas muss es wohl sein«, sagt Sami dann langsam. Er stellt sich ans Fenster und späht hinaus, als würde er versuchen, etwas im Nebel zu finden. Als er sich umdreht, hat er eine steile Falte zwischen den Augenbrauen. »Hör mal, Daniel, kannst du diesen Vermieter nicht vielleicht anrufen? Das geht vermutlich schneller als mailen. Mir reicht es hier nämlich mit der Kälte.«

»Tut mir leid, aber ich habe keine Nummer von ihm«, sagt Daniel und dreht den Wasserhahn zu. »Wir haben nur über Mail Kontakt gehabt. Er reagiert immer innerhalb weniger Stunden.«

Wieder eine Stille.

»Das ist ziemlich lange, wenn man in der Kälte hockt.«

Sami schaut auf seine Hände, als läge dort die Lösung. »Dann müssen wir eben etwas tun, um warm zu werden«, fährt er fort, und ein Grinsen breitet sich auf seinem Gesicht aus. »Wer kommt mit zum Fußballspielen?«

Auch Daniel fängt an zu lachen. »Tolle Idee! Eine Runde Nebelfußball, das liebe ich!«

»Ich mache auch mit«, sagt Lizzy und steht auf.

Maxime fasst Lizzy am Arm. »Aber … Aber sollten wir nicht lieber drinbleiben?«

»Wieso?« Lizzy schaut Maxime verständnislos an.

»Die Nachricht auf Insta«, sagt sie leise.

»Oh, du Dummchen, vergiss doch diese blöde Nachricht.« Sie zieht Maxime hoch. »Mädchen gegen Jungs! Wir werden gewinnen!«

# Stunden: 26

Sami hat das Wasser für den Abwasch in einem kleinen Topf auf dem Gasherd erhitzt und mir ein Geschirrtuch gegeben. Es ist eiskalt in der Küche, aber mir ist trotzdem warm. Wir haben zwei Stunden vor der Hütte Fußball gespielt, bis Lizzy rief, sie würde gleich zusammenbrechen, wenn wir noch länger machten. Unser Lachen und Rufen blieb über dem Gras hängen, gefangen im dichten Nebel. Meine Wangen brannten von der Kälte, die Haare wehten mir in die Augen, und fast war ich erschrocken, weil ich mich glücklich fühlte. Alle Probleme schienen plötzlich weit weg. Als wir ins Haus stürmten, hatte ich irgendwie erwartet, dass sich die Stromstörung von selbst erledigt hätte, doch alles war noch immer dunkel, kalt und still.

Aber wir waren so ausgelassen, dass wir darüber lachen mussten. Wir fanden es nicht mal schlimm, dass auch der Akku von Daniels Handy leer war und er nicht nachschauen konnte, ob der Vermieter schon auf seine Mail geantwortet hatte. Er würde gleich im Dorf versuchen, an seine Mails zu kommen.

Eigentlich war es ganz gemütlich so ohne Strom. Wir hatten überall Teelichter hingestellt und Paprikachips und Cracker zu Mittag gegessen. Daniel meinte, in einer Stunde sollten wir es mal wagen, ins Dorf zu gehen. In der Zwischenzeit könnten wir ja eine Partie *Mensch ärgere dich nicht* spielen, das er in einem Schrank gefunden hatte. Lizzy und Maxime waren sofort Feuer und Flamme. Sami meinte: »Kommt nicht infrage. Bei dem Spiel kriegt man sich immer in die Haare. Ich kümmere mich um den Abwasch. Anne, willst du mir helfen?«

Ich wusste nicht, was ich antworten sollte.

Also nickte ich und folgte ihm in die Küche.

Nun stehen Sami und ich nebeneinander, unsere Schultern berühren sich beinahe. Ich beobachte seine Hände, während er blitzschnell die Teller spült. Ich kenne keinen anderen Jungen mit so zierlichen, langen Fingern.

»Hey, Dornröschen, nicht einschlafen!«, sagt er lachend. »Gleich haben wir einen Stau im Abtropfgestell.«

»Oh, Entschuldigung.« Schnell nehme ich einen Teller und fange an abzutrocknen.

Eine Weile arbeiten wir schweigend weiter.

»Schon komisch«, sagt Sami, »es ist, als würde es all die Dinge von zu Hause nicht mehr geben.«

Ich verstehe, was er meint. Es ist so still hier. Friedlich. Durch den Nebel wirkt der Rest der Welt wie eine verschwommene Erinnerung. Ein seltsamer Traum.

»Vielleicht sollte ich diese Hütte öfter mal mieten, wenn ich mal wieder Stress mit meinen Eltern habe.«

»Habt ihr denn Streit?«

»Nein, nicht so richtig.« Seufzend lässt er einen Teller unter dem Schaum verschwinden. »Meine Eltern hatten einfach andere Erwartungen an mich, als ich geboren wurde.«

»Geht es um dein Studium?«

Er zuckt mit den Schultern. »Ja, unter anderem. Aber leider sind wir in noch mehr Dingen nicht einer Meinung.« Er dreht sich zu mir. »Aber jetzt genug über mich und meine Eltern.«

Es ist, als würde er in mich hineinschauen und Dinge sehen, die ich selbst nicht von mir weiß.

»Tut mir leid wegen deiner Schwester«, sagt er dann.

*Also doch … Maxime hat es gestern Abend allen erzählt!* Ich spüre, wie meine Wangen feuerrot werden, und versuche einzuschätzen, ob er das aus Mitleid sagt. Ob er mich jetzt als das Mädchen sieht, das seine Schwester hat verunglücken lassen. Aber er erwidert meinen Blick freundlich und offen.

»Okay«, sage ich heiser.

»Schaffst du es noch, morgens aufzustehen, Anne?«

Das hat mich noch niemand so direkt gefragt. Und während ich nicke, wird mir bewusst, dass es nicht stimmt. Also erzähle ich ihm, wie müde ich jeden Tag bin, wie ich jede Millisekunde des Unfalls schon eine Million Mal in meinem Kopf zurückgespult habe. Dass ich Angst vor dem Radfahren habe, Angst vor der Schule, Angst vor mir selbst.

»Manchmal wünschte ich, das Auto hätte mich getroffen, aber dann fühle ich mich auch sofort wieder schuldig, weil ich noch lebe und Isa nicht mehr.«

»Kannst du hin und wieder auch an etwas anderes denken?«

»Meistens nicht. Es ist immer in meinem Kopf, auch wenn ich mit etwas anderem beschäftigt bin.«

Er schaut mich ruhig an, und eine Stille tritt ein. Doch sie fühlt sich nicht unangenehm an.

»Ich bin froh, dass du hier bist, Anne«, sagt Sami dann. »Ich schaffe es morgens auch kaum aus dem Bett, weil es sich so anfühlt, als würde ich alle enttäuschen. Ich habe das Gefühl, wir verstehen einander.«

Ich beiße mir auf die Lippe. »Ich auch.«

Wir starren uns an.

In meinen Gedanken macht er jetzt einen Schritt nach vorn und legt seine Arme um mich. Ich lehne mich an ihn und vergrabe mein Gesicht in seinem Pullover. In meiner Vorstellung riecht er nach Spülmittel und feuchten Herbstblättern.

»Anne?«, höre ich Sami sagen.

Ich kann ihn sogar mit geschlossenen Augen neben mir spüren.

»Anne, ist alles in Ordnung?«, fragt Sami jetzt viel lauter. »Ich habe dich schon ein paarmal angesprochen.«

Ich reiße die Augen auf und starre ihn belämmert an. »Oh, sorry, ich war plötzlich so erschöpft.«

»Alles klar – Geschirrspülen mit mir ist bestimmt sehr ermüdend.« Er zwinkert mir zu und wirft die Spülbürste in das Abwaschbecken. »Wir sind fertig. Komm, wir gehen ins Wohnzimmer. Wir müssen uns ein bisschen beeilen, sonst ist der Supermarkt nachher geschlossen.«

Ich folge ihm in den Flur. Meine Wangen glühen, und ich hoffe so sehr, dass er keine Gedanken lesen kann. *Auf welchem Stern lebst du denn, Anne? Er hat von »einander verstehen« gesprochen, nicht davon, dass er dich küssen würde. Was ist los mit dir?*

Als wir ins Wohnzimmer kommen, sehen wir gerade noch, wie Lizzys Figur von Daniel geschlagen wird. »Ihr spielt alle falsch!«, ruft sie und biegt sich anschließend vor Lachen. Lizzy scheint heute mit dem Lachen und Reden nicht aufhören zu können, als wäre sie hellwach.

»Und, seid ihr bald fertig?« Sami setzt sich neben Daniel. »Wir wollen einkaufen gehen.«

»Das ist so ein Scheißspiel!«, ruft Lizzy und fegt alle Figuren vom Spielbrett. »Huch, sorry!«

»Lizzy, bitte!« Daniel sieht aus, als würde er ihr gleich eine Standpauke halten wollen, aber dann wendet er sich mit einem tiefen Seufzer an Sami. »Der Nebel ist dichter geworden. Sollten wir nicht lieber noch eine Stunde warten?«

»Dann ist der Supermarkt zu.« Sami streckt sich. »Wir machen es einfach jetzt, wird schon klappen.«

Daniel nickt, obwohl er zögerlich wirkt. »Okay, in fünf Minuten ist Abmarsch.«

Alle stehen auf, Stühle werden geschoben. Maxime sagt, wir sollten Einkaufstüten mitnehmen, Lizzy antwortet, die könne man auch für zehn Cent im Supermarkt kaufen. Ich habe keine Lust, mich an dem Gespräch zu beteiligen, und schaue aus dem Fenster. Es ist so grau, dass es fast unwirklich scheint. Der Nebel nimmt dem Wald jegliche Tiefe. Die Bäume scheinen verschwunden.

Plötzlich sehe ich etwas. Einen vagen Umriss, und ich bin mir nicht sicher, ob es ihn wirklich gibt. Ich gehe näher an die Scheibe und bleibe reglos stehen. Und dann sehe ich es wieder – es ist ein dunkler Schatten. Könnte das ein Baum sein? Aber Bäume bewegen sich nicht. Dieser Schatten kommt auf uns zu, unscharf und vom Nebel verzerrt. Ist das vielleicht ein Tier? Erst als die Gestalt nur noch etwa zehn Meter entfernt ist, sehe ich, dass es ein Junge ist. Er schwankt über das Gras, als wäre er betrunken. Der rote Fleck auf seinem Hoodie hebt sich auf groteske Weise vom Nebel ab.

# II

# Stunden: 27

Plötzlich passiert alles sehr schnell. Der Junge stolpert zur Haustür und wummert mit den Fäusten gegen das Holz. Eine Sekunde später klappt er zusammen und geht zu Boden. Daniel, Lizzy, Sami und Maxime rennen zum Fenster und stellen sich neben mich.

*Das hier ist nicht gut.* Das weiß ich, noch bevor Maxime zu schreien beginnt. Noch bevor Lizzy ihren Atem in einem verzweifelten Seufzer ausstößt.

Wir starren alle auf den Jungen auf der anderen Seite der Scheibe, als würden wir uns einen Film anschauen. Er liegt reglos vor unserer Haustür. Seine Augen sind geschlossen, und seine Gesichtshaut ist aschgrau. Das Bild ist so unwirklich, dass ich es kaum glauben kann.

»Ist er tot?«, fragt Maxime.

»Nein«, sagt Daniel heiser. »Ich glaube, er lebt noch.«

Irgendwie erwarte ich, dass der Junge aufsteht und dann unschlüssig mit den Schultern zuckt. »Tut mir leid«, wird er in gedämpftem Ton sagen. »Es geht mir gut, alles in Ordnung. Ich wollte euch nicht erschrecken. Ich mache mich wieder davon. Schönen Tag noch!«

»Dir auch einen schönen Tag!«, würden wir ihm nachrufen. Und dann unsere Jacken anziehen, um zum Supermarkt zu gehen.

Aber so läuft es nicht.

Lizzy kommt als Erste wieder zur Vernunft. »Wir müssen ihm helfen!«, ruft sie.

»Jetzt warte mal, Lizzy«, fährt Daniel sie an. »Wir haben keine Ahnung, wer das ist und woher er kommt. Mach bitte ausnahmsweise mal nichts Impulsives.«

Aber Lizzy hört nicht auf ihn. Sie dreht sich um und läuft aus dem Zimmer.

Ich höre ihre Schritte im Flur, höre, wie die Haustür aufgeht, und ihre Stimme, die ruft: »Hallo, kann mir bitte jemand helfen?«

»Verdammt!«, flucht Daniel und rennt hinter ihr her.

Wir folgen ihm alle.

Lizzy steht gebückt in der Tür und versucht, den Jungen über die Schwelle zu ziehen.

Daniel fasst sie am Arm. »Bist du verrückt geworden?«

»Lass mich los! Er ist verwundet, wir müssen etwas tun.«

»Denk bitte erst mal nach«, sagt Daniel. »Was macht der Kerl plötzlich vor unserem Haus? Das ist, milde ausgedrückt, ziemlich merkwürdig.«

»Mir doch egal«, sagt Lizzy verzweifelt. »Aber er verblutet vielleicht, wenn wir ihn hier liegen lassen.«

»Lizzy hat recht, wir müssen ihm helfen.« Sami stellt sich neben Lizzy. »Wenn du ihn unter den Achseln packst, nehme ich seine Beine.« Er macht Anstalten, hinauszugehen.

»Meine Güte, lass, ich mach schon.« Daniel schiebt Sami zur Seite und tritt selbst über die Schwelle. »Nimm du ihn bei den Armen, er ist viel zu schwer für Lizzy.«

Aus dem dunklen Flur heraus wirkt Daniel wie ein Schemen im dichten weißen Nebel. Feine Wassertropfen kleben an seinem Pullover, und ein Nebelfetzen windet sich um seine

Beine. Es hat etwas Unnatürliches, als würde er nicht mehr zu uns gehören.

*Jetzt hör schon auf, Anne, das ergibt keinen Sinn.*

Neben mir bricht Maxime in Tränen aus. »Sagt, dass Daniel reinkommen soll. Jetzt.«

Ich fasse nach ihrer Hand und spüre, wie sie zittert. »Sie werden dem Jungen helfen, alles wird gut.«

»Aber diese Na-Nachricht«, schluchzt sie. »Wir dürfen nicht raus, sonst passiert gleich etwas Schlimmes.«

»Natürlich nicht«, sagt Lizzy, aber das Selbstvertrauen ist aus ihrer Stimme verschwunden.

Daniel fasst den Jungen an den Fußknöcheln. »Wir bringen dich ins Haus.« Und zu Sami sagt er: »Bei drei heben wir ihn hoch. Eins, zwei … drei!«

Behutsam heben Daniel und Sami den Jungen hoch. Der stöhnt, und dann fällt sein Kopf schlaff zur Seite. Das letzte bisschen Farbe ist aus seinem Gesicht gewichen.

»Macht Platz!«, ruft Daniel, während er mit Sami durch den Flur stolpert. Das halten sie nicht lange durch, vermute ich.

Keuchend erreichen sie das Wohnzimmer. Lizzy, Maxime und ich eilen zu ihnen und helfen so gut wir können, den Jungen vorsichtig aufs Sofa zu legen.

»Alle Abstand halten«, sagt Daniel scharf.

Wir tun, was er sagt, und starren auf den Jungen in den auberginefarbenen Kissen.

»Seine Schulter … Was ist da passiert?«, stammelt Maxime.

»Keine Ahnung«, sagt Daniel.

»Hu… Hu…« Der Junge stöhnt etwas Unverständliches. Seine Augen bewegen sich unter geschlossenen Lidern hin und her, und sein Atem geht schnell, als wäre er in Panik.

»Kannst du das noch mal wiederholen?«, fragt Daniel.

»Etwas …«, flüstert er. »Draußen …«

Es wird still.

Sami räuspert sich. »Lasst uns erst mal schauen, wo das Blut herkommt«, sagt er heiser. »Anne und Maxime, würdet ihr mir helfen, ihm Jacke und Pullover auszuziehen? In seinem Pulli ist ein Loch, den sollten wir gleich entsorgen. Lizzy, du holst eine Schüssel mit heißem Wasser und Geschirrtücher aus der Küche. Und Daniel, du schaust nach, ob du irgendwo in diesem Haus noch ein funktionierendes Telefon auftreiben kannst, und suchst ein paar saubere Klamotten für den Jungen zusammen.«

# Stunden: 28

Mit bleichen, verschlossenen Gesichtern starren wir vor uns hin. Wir sagen nur das Allernotwendigste, wie: »Hat auch jemand die Haustür zugemacht?« Oder: »Wie viel Paracetamol haben wir noch?«

Angespannt lausche ich den Geräuschen außerhalb der Hütte. Aber es herrscht Totenstille. Keine raschelnden Zweige, keine klappernden Fensterläden. Sogar die Vögel schweigen. Ich betrachte die Gänsehaut auf meinen Armen. Hunderte kleine hochstehende Härchen, als würden sie etwas spüren, was ich nicht höre.

Wir stehen alle unter Schock.

Als wir dem Jungen den Pullover ausgezogen hatten und die Wunde auf seiner Schulter zum Vorschein kam, wurde mir kurz schwarz vor Augen. Seine rechte Schulter war mit einer dicken Schicht aus geronnenem Blut bedeckt.

»Er verblutet!«, schrie Maxime.

»Er wird nicht sterben, die Blutung hat bereits aufgehört«, widersprach Sami mit unsicherer Stimme und schob die Ärmel seines Pullovers hoch. »Ich werde versuchen, die Wunde zu säubern.«

Lizzy zog Maxime an sich. »Nicht hinschauen«, flüsterte sie und schirmte Maximes Augen mit ihren Händen ab. Und zu uns: »Was ist mit dem Jungen passiert? Ich … ich habe noch nie so viel Blut gesehen.«

»Keine Ahnung«, murmelte Sami. Mit einem feuchten Geschirrtuch begann er vorsichtig, das Blut abzutupfen. Jedes Mal, wenn er das Tuch in der Schüssel auswusch, färbte sich das Wasser stärker, wie bei einem Pinsel. Es gelang ihm sogar, eine Art Verband aus Geschirrtüchern auf der Schulter des Jungen anzulegen.

»Mehr kann ich nicht für ihn tun«, sagte Sami mit rauer Stimme und stand steif auf. »Die gute Nachricht ist, dass es weniger schlimm ist, als es scheint. Die Wunde ist oberflächlich und kleiner, als man auf den ersten Blick meint. Und soweit ich sehen kann, steckt auch keine Kugel oder ein spitzer Gegenstand darin.« Er seufzte und wischte sich mit dem Handrücken über die Stirn. »Nur die Form der Wunde ist total seltsam. Die Ränder sind ausgefranst, als wäre seine Haut dort einfach abgeschabt worden.«

»Von was denn?«, fragte Daniel scharf.

Sami zuckte mit den Achseln.

Es gab mehr Fragen als Antworten.

»Ich glaube, es wäre sehr vernünftig, wenn sich ein richtiger Arzt die Wunde anschauen würde«, sagte Sami.

Daniel schüttelte fast unmerklich den Kopf. »Wir können nirgendwo anrufen. Alle Akkus sind leer.«

»Und wenn einer von uns ins Dorf läuft, um Hilfe zu holen?«

Die Frage blieb im Raum hängen.

»Ich glaube, wir müssen warten, bis er zu sich kommt und uns erzählen kann, was genau passiert ist«, sagte Daniel langsam. »Einverstanden?«

Sami nickte. »Okay, aber was machen wir, wenn sich seine Situation verschlechtert?«

Daniel atmete tief ein und aus. »Dann gehen wir ins Dorf.«

Schweigend saßen wir nebeneinander und lauschten den

schweren Atemzügen des Jungen auf dem Sofa. Ich dachte immer wieder: *Vielleicht stirbt er jetzt. Was machen wir dann?* Aber jedes Mal, wenn ich das dachte, bewegte sich seine Brust wieder auf und nieder.

»Ich habe Hunger«, sagte Lizzy nach einer Weile. »Gehen wir noch zum Supermarkt?«

Niemand reagierte.

Zwischen uns hatte sich etwas verändert. Wir konnten unsere Angst nicht mehr weglachen. Sie umgab uns fast spürbar.

»Wir holen gleich was zu essen aus der Küche«, sagte Daniel. »Kommt schon, Leute, zieht nicht so ein Gesicht. Bestimmt gibt es eine logische Erklärung. Das ist nicht das Ende der Welt.«

Wir alle glaubten Daniel. Wahrscheinlich hatten wir da noch einen Funken Hoffnung, dass alles wieder gut würde. Was waren wir naiv …

Zurück zur Bitch-Frage. Bist du bereit? Wir werden es testen. Folgendes brauchen wir:

- Eine Leiche
- Ein Skalpell (bitte nicht so ein lächerliches Küchenmesserchen, du brauchst etwas richtig Scharfes)
- Eine Säge
- Eine Rasierklinge (eine ganz normale Klinge, funktioniert prima)

Du rasierst den Kopf kahl und machst danach mit dem Skalpell einen Schnitt in die Haut, sodass der Schädel offengelegt wird. Mein Tipp wäre, direkt oberhalb der Ohren anzusetzen. Säge danach die Schädeldecke rundum auf – Achtung, das kann eine ziemlich schmutzige Angelegenheit werden und sehr spritzen.

Jetzt kommt der schönste Teil ... Du hebst den Schädel an und siehst das Gehirn (wenn du es richtig gemacht hast, ist es noch völlig intakt). Das ist es, was einen Menschen ausmacht. Die Seele, die Persönlichkeit, die Magie des Lebens. Näher kannst du ihm nicht kommen.

Du bist enttäuscht. Das verstehe ich. Denn es ist das Allerödeste und Scheußlichste, was du je gesehen hast. Ein grauer Brei mit ein paar Furchen, wie ein vergammelter Blumenkohl. Und es sieht bei jedem gleich aus. Bei den Arschlöchern, den Bitches, den Losern.

Ganz schön schwierig, sich von dieser grauen Masse abzuheben. Ich weiß es, denn ich versuche es schon mein Leben lang.

PLAY ▶
STUNDEN: 94

## TAPE MAXIME

**Aufnahme 2**

Hilfe! Oh Gott, bitte hilf! Ich weiß nicht, was ich machen soll ... Er ist einfach tot! Tooooohooooot!!!

Ich schaffe das nicht mehr ... Mein Schädel platzt gleich. Mir ist schlecht. Das hier ist wirklich kein Spiel mehr ...

Alle, die rausgegangen sind, sind jetzt tot, und ich war auch draußen. Wir mussten seine Leiche reinholen, also werden wir alle hier sterben ...

Hallo? Hallo! Sieht das jemand? Helfen Sie uns, bitte. Was sollen wir machen? Was wollen Sie von uns? Warum machen Sie das? WARUM?

Bitte, lassen Sie uns gehen.

Ich mache alles, wirklich alles, wenn Sie uns nur am Leben lassen ...

# Stunden: 30

Ich weiß nicht, wie lange wir schon im Wohnzimmer sitzen. Vielleicht dreißig Minuten, vielleicht eine Stunde oder sogar zwei. Das Warten macht mich noch unruhiger, als ich schon war. Sami und Daniel reden in gedämpftem Ton miteinander. Ich kann die Worte nicht verstehen, aber sie klingen angespannt.

»... etwas gesehen ...«, fange ich auf, als Daniel die Stimme hebt.

»... keine Ahnung ...«

Dann beugen sie sich vor, und ich verstehe wieder nichts.

Ich probiere, Samis Aufmerksamkeit auf mich zu lenken, auf der Suche nach einem Lächeln oder etwas Beruhigendem, aber er ist vollständig ins Gespräch mit Daniel vertieft.

Ich beiße mir auf die Lippe und schlinge die Arme um meinen Körper. Seitdem die Heizung nicht mehr funktioniert, ist es hier drinnen eiskalt geworden. Die Kälte hängt überall: in der Luft, an den Fenstern mit dem Kondenswasser, im Bodenbelag. Maxime und Lizzy haben eine Bettdecke von oben geholt, unter der sie jetzt gemeinsam in einer Zimmerecke kauern. Maxime hält Lizzys Hand. Als ich versuche, Blickkontakt mit ihr herzustellen, starrt sie mit leerem Blick an mir vorbei. Lizzy lehnt mit geschlossenen Augen an der Wand.

Plötzlich setzt sie sich auf. »Ssst«, zischt sie. »Hört ihr das auch? Es ... Es klingt, als würde jemand durch den Flur schlurfen.«

Wir lauschen alle. Außer unserem eigenen Atem höre ich nichts. Ist Lizzy verrückt geworden? Aber dann wird mir ein Geräusch hinter mir bewusst. Leises Knarren … Mit einem Ruck drehe ich den Kopf.

Der Junge auf dem Sofa hat sich aufgerichtet. Seine Haare sind verstrubbelt, und er schaut uns an, als wären wir Gespenster.

»Du bist wach!« Sami springt auf. Mit wenigen Schritten ist er bei dem Jungen. »Geht es denn?«, fragt er leise, aber unverkennbar angespannt.

Der Junge erstarrt kurz und sagt dann heiser: »Ich … ich habe Durst.«

»Ich hole ein Glas Wasser«, bietet Lizzy an. Sie eilt in die Küche.

»Wie heißt du?«, fragt Sami freundlich.

»Vincent.« Seine Atmung ist mühsam. »Vincent … Jansen.«

Lizzy kommt mit einem großen Glas Wasser zurück. »Bitte«, sagt sie ein wenig atemlos und reicht dem Jungen das Glas.

Er trinkt gierig. Ich mustere ihn aufmerksam: dunkelblonde Haare, die sich im Nacken in alle Richtungen kräuseln, lange schwarze Wimpern, dunkelbraune Augen mit einem freundlichen, sanften Blick. Bestimmt halten ihn alle Mädchen an der Schule für eine Art Golden-Retriever-Boy, den man wegen seiner liebenswürdigen Ausstrahlung einfach nett finden muss.

»Danke schön«, sagt er, als das Glas leer ist. »Wer seid ihr eigentlich?«

Reihum nennen wir ihm unsere Namen. Ich kann mir nicht vorstellen, dass er sie auf Anhieb behält, aber er scheint schon allein dadurch beruhigt, dass wir einfach Namen haben.

Daniel setzt sich auf die Sofalehne. »Du hast uns einen gewaltigen Schrecken eingejagt, Vincent. Aber lass uns beim Wichtigsten anfangen: Wie fühlst du dich?«

»Ein wenig müde … und schwindelig.« Vincent versucht, seinen Arm zu bewegen, und verzieht dabei das Gesicht vor Schmerz. »Meine Schulter will nicht so richtig. Aber sonst geht es schon.«

»Wir glauben, dass du von etwas getroffen wurdest. Oder dass dich ein Tier angegriffen hat oder so etwas«, sagt Daniel langsam. »Kannst du dich an irgendwas erinnern?«

Unruhig rutscht Vincent auf dem Sofa hin und her, er scheint sich unter unseren forschenden Blicken nicht besonders wohlzufühlen. »Ich … ich weiß noch, dass ich Joggen war. Das mache ich jedes Wochenende, ich … ich wohne hier in der Nähe, ein Stückchen oberhalb von Riethoven.«

Eine Regung huscht über sein Gesicht. Etwas Grüblerisches, vielleicht sogar Angst.

»Es war irre still, als ich durch das Dorf rannte. Als wären alle in Urlaub.«

Er macht eine kurze Pause.

Ich muss an die verlassenen Straßen denken, durch die Maxime und ich gestern kamen, und starre aus dem Fenster. Aber außer dem Nebel und meinem eigenen blassen Spiegelbild ist dort nichts zu sehen. Ich schaue wieder zu Vincent und versuche, das Gefühl steigender innerer Unruhe zu unterdrücken.

»Im Wald fand ich es eigentlich ganz entspannend, dass keine anderen Leute unterwegs waren«, fährt er fort. »Ich hatte meine AirPods in den Ohren und hörte ein langweiliges englisches Buch, das ich für die Schule lesen muss.« Um seinen Mund spielt ein kleines Lächeln. »Ich mache dieses Jahr meinen Abschluss, aber ich bin ziemlich schlecht vorbereitet. Ich … Ich glaube, vor lauter Nebel bin ich im Wald falsch abgebogen.« Vincent spricht vorsichtig, als wäre er sich seiner Geschichte nicht ganz sicher. »Denn auf einmal war ich auf einer Lichtung, auf der ich noch nie gewesen bin. Der Nebel war so dick geworden, dass ich meine eigenen Schuhe kaum noch sehen konnte. Und dann … sah ich plötzlich etwas.«

»Was?«, fragt Maxime erschrocken.

»Einen Schatten zwischen den Bäumen«, flüstert er. »Er hatte Ähnlichkeit mit einem Mann, aber er war riesig.«

Etwas an seinen Worten, an der Art, wie er sie ausspricht, lässt mich erschaudern. Vage nehme ich wahr, dass Daniel neben mir die Stirn runzelt.

Wieder folgt eine kurze Stille, in der alle Vincents Gesicht anstieren. »Und … Und dann spürte ich auf einmal etwas Hartes an meiner Schulter. Erst nach einigen Sekunden fing es an wehzutun und mir wurde schwindelig … Ich fühlte Blut und geriet in Panik. Und da entdeckte ich eure Hütte im Nebel. Ich lief darauf zu … und dann muss ich das Bewusstsein verloren haben, denke ich, denn den Rest weiß ich nicht mehr.«

Ich halte die Sofalehne fest und habe das seltsame Gefühl, dass ab jetzt alles anders werden wird. Mein Herz schlägt mir bis zum Hals, und mir ist leicht schwindelig.

»Ich will nach Hause«, sagt Maxime leise. »Das ist alles nicht mehr lustig.«

»Ich glaube, niemand findet das noch lustig«, sagt Daniel tonlos. »Aber lasst uns bitte Ruhe bewahren.«

Daniel hat recht, denke ich – es ist nicht sinnvoll, jetzt in Panik zu geraten. Ich hole tief Luft und versuche, mich wieder in den Griff zu bekommen.

»Sorry«, sagt Vincent. »Ich wollte euch nicht in Schwierigkeiten bringen.«

Daniel lacht freudlos. »Ich fürchte, wir stecken schon mittendrin.«

In knappen Worten erzählt Daniel von unserem Urlaub in diesem Naturhäuschen, der Stromstörung, der merkwürdigen Nachricht auf Instagram.

»Es könnte genauso gut umgekehrt sein«, beendet Daniel seine Zusammenfassung. »Vielleicht hat dich etwas oder jemand im Nebel für einen von uns gehalten.«

»Meine Güte«, sagt Vincent heiser. Sein blasses Gesicht scheint noch mehr Farbe verloren zu haben, und in seinem Blick sehe ich Panik.

»Ich habe eine Idee!«, sagt Lizzy plötzlich mit leuchtenden Augen. »Dass wir nicht früher daran gedacht haben! Hast du auch so eine Nachricht auf Insta bekommen?«

»Nein … oder vielleicht ja doch«, stammelt Vincent. »Ich habe keine Ahnung. Ich kann aber schnell nachsehen. Könnte mir jemand mein Handy aus meiner Trainingsjacke bringen?«

»Glänzende Idee, Lizzy!«, ruft Sami und lacht. »Wenn Vincents Handy noch Saft hat, können wir auch jemanden anrufen!«

# Stunden: 31

Gerade als ich denke, schlimmer kann es gar nicht werden, wird alles noch ein wenig schlimmer. Natürlich finden wir Vincents Handy nicht. Wahrscheinlich ist es ihm im Wald aus der Jackentasche gefallen oder so etwas. Ich hätte wissen müssen, dass es so enden würde. In der Realität gibt es nie ein Happy End. Nicht mit Isa und auch nicht jetzt.

Wir starren uns niedergeschlagen an.

»Okay, was machen wir nun?«, fragt Lizzy. »Wie lautet Plan B?«

Daniel verschränkt die Arme. »Plan B ist, dass wir hierbleiben, bis wir mehr wissen.«

Die Worte bleiben zwischen uns hängen. Mit seiner Bemerkung ruft Daniel unbeabsichtigt mehr Fragen auf als Antworten. Was, wenn das alles ist, was wir erfahren werden? Wie lange müssen wir dann hierbleiben?

»Komm schon.« Lizzy seufzt. »Das ist doch nicht dein Ernst? Ich bin für Plan C.«

Daniels Mund verzieht sich zu einem schwachen Lächeln. »Du machst mich neugierig. Wie lautet Plan C?«

Lizzy erwidert sein Lächeln nicht. »Wir packen unsere Sachen und gehen einfach nach Hause. Wir sind zu sechst, was kann da schon passieren?«

»Ich weiß nicht«, sagt Sami zögerlich. »Solange wir nicht wissen, wer Vincent angegriffen hat, habe ich keine große Lust, so als Zielscheibe durch den Wald zu laufen.«

»Herrgott noch mal, wir können aber doch auch nicht ewig hier hocken bleiben und nichts tun!« Lizzy steht auf. »Ich will hier weg. WEG!!!!!«

Daniel geht zu ihr. »Lizzy, niemand spricht hier von ewig, es geht höchstens um eine weitere Nacht. Wenn wir nachher wieder Strom haben, können wir die Polizei anrufen.«

»Hör bloß auf!« Sie weicht zurück.

»Du bist erschrocken«, sagt Daniel ruhig. »Das sind wir alle, und das ist logisch. Aber wir werden keine übereilten Entscheidungen treffen.«

»Oh, puh, ich habe ja so eine Angst!« Sie verdreht die Augen. »Mir reicht es jetzt echt mit dem ganzen hysterischen Getue. Was haltet ihr von folgendem Szenario? Vincent joggt durch den Wald, Vincent kommt vom Weg ab, Vincent wird aus Versehen von einem Jäger getroffen, ein Streifschuss oder so was, Vincent fühlt sich nicht so gut und legt sich vor unsere Haustür, und jetzt glauben wir auf einmal, irgendein Psychopath will uns alle erschießen. Kommt schon, wie alt seid ihr?«

Es passiert so plötzlich, dass wir kaum Gelegenheit haben zu reagieren. Lizzy dreht sich um und schlüpft in den Flur.

»Was ihr macht, weiß ich nicht, aber ich gehe jetzt raus, frische Luft schnappen!«, hören wir sie rufen. »Wer hat Lust, mitzugehen?«

»Lizzy, beherrsch dich!« Daniel folgt ihr in den Flur.

Wir stehen alle auf und laufen hinter Daniel und Lizzy her, um nichts zu verpassen. Vincent macht das Schlusslicht, und ich höre ihn vor Anstrengung keuchen.

»Lass uns in Ruhe darüber reden«, sagt Daniel. Im letzten Rest Tageslicht ist er nur ein Schemen.

»Ich habe genug geredet«, entgegnet Lizzy an der Haustür. »Sei froh, dass ich mich freiwillig opfere, um die Situation draußen zu prüfen. Ich werde alle Schatten grüßen, denen ich begegne. Und reagier nicht so mürrisch, du bist schließlich nicht der Chef mit all deinen Regeln.«

»Bitte, Liz«, fleht Maxime. »Bleib hier. Wer weiß, vielleicht passiert dir was!«

Lizzy stellt sich taub. »Auf geht's.«

Daniel atmet tief aus, als hätte er immer schon gewusst, dass Lizzy das irgendwann tun würde. »Du gehst ein großes Risiko ein. Und nicht nur für dich selbst. Hast du darüber mal nachgedacht?«

Einen Moment scheint sie zu zögern. Dann sagt sie kichernd: »Komm schon, das glaubst du doch selbst nicht?«

Ein lautes Klicken.

Sie drückt die Türklinke nach unten.

Die Haustür schwenkt laut knarrend auf.

»Nicht, Lizzy!«

Daniel schreit ihren Namen. Vielleicht schockiert mich das am allermeisten. Daniel hat sich die ganze Zeit, in der wir hier sind, noch nicht so gehen lassen.

»Wow, draußen ist es so schön«, sagt Lizzy leise, als wäre sie in einer anderen Welt. Der Nebel ist dunkelgrau durch das weichende Tageslicht. Gleich wird es ganz dunkel sein. Und dann verwandelt sich der Wald in ein schwarzes Loch, in dem alles und jeder verschwinden kann. Ich balle die Hände zu Fäusten und bete, dass Lizzy schnell wieder reinkommt.

»Juhu!«, ruft sie und läuft in die Dämmerung. »Das ist so toll! Freiheit!«

Sie dreht sich im Kreis, die Arme hoch erhoben. Es hat etwas Besessenes. Etwas Herausforderndes.

»Kommt ihr auch raus?« Ihre Stimme klingt gedämpft im Nebel. »Es ist wirklich okay hier.«

Nebelschwaden treiben wie Rauch in den Flur. Es ist, als würde der Wald in Flammen stehen, nur dass es nicht nach brennendem Holz riecht.

Schweigend stehen wir nebeneinander. Lizzy läuft über das Gras, erst noch ganz nah, dann immer weiter entfernt. Und dann sehen wir sie nicht mehr.

»Fuck!«, sagt Sami. »Sie wird doch nicht …«

»Ich weiß es nicht«, sagt Daniel.

Maxime fängt an zu weinen.

»Pssst«, flüstere ich. »Sie kommt bestimmt zurück. Sie lässt uns hier nicht allein.«

Aber ich habe keine Ahnung, warum ich das sage, denn eigentlich glaube ich eher, dass Lizzy sich einfach aus dem Staub gemacht hat. Sie wirkte jedenfalls entschlossen.

Ich weiß nicht, wie lange wir so nebeneinander auf der Türschwelle stehen. Es fühlt sich an wie eine Viertelstunde, es könnten aber auch nur wenige Minuten sein.

Plötzlich schreit jemand draußen: »Neeeeeiiiin, bitte nicht, ich will noch nicht steeerben!«

Maxime kreischt auf, und Daniel schnauzt sie an, sie solle sich zusammenreißen.

Dann hören wir Lizzy ganz laut lachen. »Das war ein Scherz!« Sie kommt aus dem Nebel zum Vorschein. »Eure Gesichter – einfach umwerfend!«

Sami atmet aus. »Sehr witzig.«

»Thanks«, antwortet Lizzy und geht ins Haus. Ein Schleier aus Wassertröpfchen glitzert auf ihren Haaren und der Kleidung – als wäre sie in einem Spinnennetz aus Nebel gefangen.

»Ich habe eine Runde ums Haus gedreht. Alles sah völlig normal aus.« Sie feixt. »Das ist einfach ein Wald aus Bäumen, nichts Besonderes. Wir können heimgehen.«

Die Haustür fällt hinter ihr ins Schloss, wodurch es fast vollständig dunkel wird.

»Lasst uns bis morgen früh warten«, sagt Daniel.

»Wenn dich das glücklich macht, von mir aus«, brummt Lizzy. »Es ist jetzt sowieso zu dunkel, um ins Dorf zu gehen. Man sieht echt nichts mehr.«

»Ist dir wirklich nichts aufgefallen?«, fragt Maxime.

»Nö«, sagt Lizzy, und wir kehren ins Wohnzimmer zurück. »Und ich wurde auch nicht angeschossen, überfallen oder von Aliens verspeist. Ich sagte doch, dass nichts ist!«

Sie läuft zum Tisch und zündet die Teelichter an. Das Licht der kleinen Kerzen legt dunkle Schatten auf unsere Gesichter.

»Also sind alle damit einverstanden?«, fragt sie. »Morgen gehen wir nach Hause?«

Daniel räuspert sich. »Lasst uns abstimmen. Wer ist dafür?«

Alle Hände gehen hoch. Erst Lizzys, dann Vincents, dann folgen Sami, Maxime und ich, und schließlich hebt auch Daniel die Hand.

»Fein«, sagt Sami. »Morgen sind wir zu Hause. Und in ein paar Tagen lachen wir darüber, glaubt mir.«

Er hat recht, denke ich. Morgen sind wir zu Hause. Ich sollte das in Gedanken ständig wiederholen.

Aber im Augenblick herrscht in meinem Kopf ein einziges Chaos.

Und ich weiß nicht mehr, was ich denken soll.

# Stunden: 35

Der restliche Abend verläuft weniger schlimm als befürchtet. Im Schein der Teelichter leeren wir die letzte Tüte Paprikachips. Ich merke, dass ich Hunger habe und mich beherrschen muss, um die Tüte nicht noch auszulecken. Vincent scheint sich immer besser zu fühlen. Er erzählt ohne Punkt und Komma, hauptsächlich witzige Storys über die Schule, die Leute aus seiner Klasse und die vielen Male, in denen er rausgeschickt wurde, weil er beim Abschreiben erwischt wurde. Ich kenne keinen einzigen der Menschen, von denen er spricht, aber es tut gut, mal wieder lachen zu können. Unsere Angst rückt allmählich in den Hintergrund wie eine Erinnerung, die zwar noch da ist, an die man aber nicht mehr wirklich denkt.

Auf Maximes Frage, ob wir nicht lieber ein paar Chips für morgen aufbewahren sollten, sagt Lizzy entschieden: »Du meinst, einen Lebensmittelvorrat anlegen? Auf keinen Fall, morgen früh sind wir hier weg!«

Lizzy verkündet als Erste, dass sie schlafen geht. Unter ihren Augen sind dunkle Ringe, und sie sagt, sie hätte Kopfschmerzen. Maxime steht auch sofort auf, als würde sie mit Lizzy ein Zimmer teilen und nicht mit mir. »Ich komme mit und leg mich auch hin, okay?«

Lizzy nickt, aber sie scheint mit ihren Gedanken nicht bei der Sache.

»Wartet«, sagt Sami und lässt vorsichtig ein Teelicht in ein

Glas fallen. »Nehmt das mit, dann müsst ihr nicht im Dunkeln nach oben.«

»Danke«, murmelt Maxime und geht mit Lizzy Richtung Flur. Ich schaue ihnen hinterher, bis die Finsternis sie verschluckt. Ganz kurz verspüre ich den Drang, ihnen nachzulaufen, Maximes Hand zu nehmen und sie zu bitten, bei mir zu bleiben. Aber damit würde ich mich wirklich lächerlich machen …

»Ich habe Lust auf eine Kippe«, sagt Vincent. »Zum Glück ist mir die Schachtel nicht aus der Jacke gefallen. Stört es jemanden?«

Bevor wir antworten können, hat er die Zigarette schon angezündet. Genussvoll nimmt er einen Zug und streckt sich auf dem Sofa aus. »Göttlich.« Eine graue Rauchschwade kringelt sich in Richtung Decke. »Haben wir noch etwas zu trinken?«

»Ich glaube, du bist wieder fit genug, um dir selbst ein Glas Wasser aus der Küche zu holen«, antwortet Daniel mit einem schwachen Lächeln.

Vincent setzt sich auf. »Ich hatte eigentlich an etwas Stärkeres gedacht … Wein, Bier, Wodka, was Gemixtes.« Er zwinkert uns zu. »Um zu feiern, dass alles gut ausgegangen ist.«

»In der Küche steht noch eine Flasche Wein, aber wir sollten heute Nacht lieber einen klaren Kopf behalten, meinst du nicht auch?« An Daniels Stirnrunzeln ist abzulesen, dass er sich ärgert.

Vincent guckt einen Moment erstaunt und antwortet dann: »Ja, ja, klar, du hast völlig recht. Dummer Vorschlag von mir. Ich bin bloß so erleichtert, dass ich noch lebe!«

»Wir auch.« Sami grinst und steht auf. »Aber sei ein bisschen vorsichtig, Mann, die Wunde sollte sich nicht entzünden.«

»Ja, Herr Doktor«, erwidert Vincent brav.

»Tut mir leid, Jungs, aber ich bin müde«, sagt Sami. »Ich hau mich aufs Ohr. Bleibt ihr hier sitzen?«

»Nein, ich gehe auch schlafen«, sage ich schnell. Ich fühle mich nicht ganz wohl als einziges Mädchen bei Daniel und Vincent. Ich habe das Gefühl, dass sie sich nicht ganz grün sind, wahrscheinlich sind sie zu verschieden.

»Ich werde dich sicher nach oben geleiten«, verspricht Sami. »Kommen Sie nur mit, Jungfrau Anne. Wenn wir einem Drachen begegnen, werde ich ihn mit bloßen Händen töten.« Er lächelt mir zu. Ich weiß, ich sollte nichts dahinter suchen, aber mein Herz schlägt wieder einen Purzelbaum.

Im schwachen Schein des Teelichts gehen wir die Treppe hinauf. Die Stufen knarren bei jedem Schritt. Die Dunkelheit um uns herum ist so schwarz und dicht, dass ich keine Einzelheiten ausmachen kann. Ich bin froh, dass Sami mich begleitet, denn ich fühle mich nicht sicher in diesem Haus.

Keuchend steige ich die letzte Stufe hoch. Sami lässt den Schein der kleinen Kerze im Glas über den Treppenabsatz wandern. Das Licht malt blassgelbe Kreise an Wände und Decke. Da ist niemand. Doch der Raum bleibt unheimlich düster.

»Irgendwas ist mit diesem Haus«, murmelt Sami. »Bald glaube ich noch wirklich, dass irgendwo Drachen sind.« Er seufzt tief. Seine Schultern zucken, und für einen kurzen Moment glaube ich, er weint. Aber dann wird mir klar, dass er lacht.

»Wie tief kann man sinken?«, fragt er glucksend.

Ich starre ihn an und fange auch an zu lachen. Ich kann es nicht mehr aufhalten. Es klingt hysterisch, als würde ich ersticken. Es ist, als würde sich alle Anspannung des Tages lösen.

Sami hält einen Zeigefinger vor den Mund. »Pst!«, sagt er. »Lizzy und Maxime schlafen schon.«

»Oh, ja«, flüstere ich und pruste erneut los.

Wiehernd vor Lachen schauen wir uns an. Ich kann mich nicht erinnern, wann ich zuletzt so einen Lachanfall hatte.

Sami wischt sich mit der freien Hand die Tränen aus den Augenwinkeln. »Fast schade, dass wir morgen nach Hause fahren«, sagt er und kommt einen Schritt näher.

In dem Raum zwischen uns ist fast nur noch zartgelbes Licht.

»Weißt du, Anne«, sagt Sami. »Ich werde dich vermissen.«

Er nimmt meine Hand, und plötzlich sehnt sich mein ganzer Körper danach, von ihm berührt zu werden.

»Als Daniel und ich euch gestern Nachmittag die Tür geöffnet haben, wusste ich gleich, dass ich dich mag. Von allen Mädchen hier bist du am meisten *real.*«

Ich weiß nicht, was ich antworten soll, und kann ihn nur noch anstarren.

Er kommt noch einen Schritt näher. Dann stehen wir so nahe beieinander, dass ich seinen warmen Atem auf meinen Wangen fühlen kann.

»Anne …«, sagt er langsam.

Es ist, als würde die restliche Hütte verschwinden, als würde alles stillstehen, auch mein Herz.

Er beugt den Kopf.

Sobald er mit seinen Lippen meine berührt, spüre ich eine merkwürdige Wärme im ganzen Körper. Er küsst mich sehr behutsam. So leicht, als hätte er Sorge, mir wehzutun. Ich vergesse, dass mein Kopf voll trauriger Bilder steckt, voller Schuldgefühle und verlorener Träume.

Zum ersten Mal in all den Monaten finde ich mich selbst wieder.

Ich drücke mich fester an ihn, und meine Hände gleiten über seinen Rücken. Ich möchte in ihn kriechen, ihn nie wieder loslassen. Ich lasse meine Zunge in seinen Mund gleiten und suche nach seiner.

Er löst sich von mir. »Shit«, flucht er. »Anne, es tut mir leid.« Er holt tief Luft. Seine Augen glänzen schwarz und undurchdringlich.

Erschrocken schaue ich ihn an. »Was ist?«

»Ich hätte dich nicht küssen dürfen.« Ich höre sowohl Sehnsucht als auch Verzweiflung in seiner Stimme. »Ich … ich kann dir nicht geben, worauf du hoffst.«

Die Worte fühlen sich an wie ein Schlag ins Gesicht. Im Dunkeln spüre ich, wie meine Wangen prickeln.

»Ich schaffe das alles gerade so. Dich zu küssen, macht alles noch viel schlimmer.«

Im schwachen Lichtschein sehe ich seinen gequälten Blick und habe Angst, auf der Stelle in Ohnmacht zu fallen vor lauter Scham.

»Sorry, so meinte ich das nicht. Ich finde dich echt nett, Anne.«

Ich verschränke dir Arme, und es schaudert mich. Wie konnte ich nur so dumm sein? Wie konnte ich auch nur eine Sekunde lang denken, er wäre auch in mich verliebt?

»Geh ruhig zuerst ins Bad«, murmelt er. »Ich gehe nach dir.«

Ich nicke, denn ich kann im Augenblick nichts herausbringen.

»Nimm das mit.« Er reicht mir das Teelicht.

Wieder nicke ich, während ich mir die kalten Hände am Glas wärme.

Fast wirkt es, als wollte er noch etwas sagen, aber dann dreht er sich um und entfernt sich von mir. Die Finsternis umschließt ihn langsam, als würde er sich nach und nach auflösen.

Er ist nur noch ein vager Umriss, als er auf Höhe seines Zimmers sagt: »Du kannst mich immer rufen, wenn heute Nacht etwas ist. Schlaf gut, Anne.«

Seine Zimmertür fällt leise hinter ihm zu.

Wenn der glaubt, dass ich jemals noch mit ihm rede, dann versteht er wirklich nichts. Er wäre der Letzte, den ich rufen würde.

Ich habe mich immer gefragt, was wohl mein letzter Gedanke wäre, bevor ich sterbe. Ich glaube: Ich liebe dich ...

PLAY ▶
STUNDEN: 71

## TAPE DANIEL

**Aufnahme 2**

Seit heute Morgen kommt auch kein Wasser mehr aus dem Hahn. Erst spuckte er noch, dann kam eine schmutzig-braune Brühe raus und danach nichts mehr.

Wir haben nichts zu essen. Keinen Strom.

Vincent sagte: »Wenn wir hierbleiben, sind wir in ein paar Tagen alle tot.«

Ich glaube, er hat recht.

# Stunden: 36

»Max?«, flüstere ich in die Dunkelheit, während ich mich auf Zehenspitzen zum Bett schleiche.

Keine Antwort. Sie schläft schon … zum Glück. Ich habe nämlich absolut keine Lust, Fragen darüber zu beantworten, was ich mit Sami draußen im Flur gemacht habe.

Das Glas stelle ich auf mein Nachtschränkchen. Ich traue mich nicht, das Teelicht auszublasen, aus Angst vor der Dunkelheit. Vorsichtig krieche ich ins Bett und ziehe die klamme Bettdecke fest um mich, um warm zu bleiben. Maxime liegt mit dem Rücken zu mir, und ich kann die Distanz zwischen uns fast spüren. Plötzlich muss ich an uns beide anfangs in der Schule denken. Maxime mit ihren strähnigen Haaren, die damals noch braun waren, und ihrem fröhlichen Lachen. Und ich mit meinem grenzenlosen Vertrauen, dass schon alles gut werden würde, solange wir nur zusammen sind.

*Was ist mit uns geschehen?*

Ich liege noch lange wach, frierend und ein Häufchen Elend, und starre in die Finsternis. *Morgen fahren wir nach Hause, morgen fahren wir nach Hause.* Ich wiederhole es unzählige Male in Gedanken, als würde ich Schäfchen zählen.

Doch ich bin mir sicher, dass ich nicht einschlafen werde.

Ich bin ganz allein. Meine Schritte hallen in der stillen Straße. Alles sieht normal aus, aber das ist es nicht. Ich komme an verlassenen Häusern vorbei. Die Fenster wirken wie tief liegende schwarze Augen ohne Leben. Ich sehe keine Vögel in den Bäumen. Keine Autos, die vorbeifahren. Keine Menschen auf der Straße.

Ich erinnere mich noch, wie die Stadt früher klang.

Das Brummen der Fahrzeuge auf dem Asphalt. Das Bimmeln einer Fahrradklingel und ein Hund, der irgendwo bellte. Gesprächsfetzen in meinen Ohren. Das ewige Stimmengewirr, auf das ich nie achtete, weil es immer da war.

Dann kam die Stille.

Und die Angst.

Aber ängstlich bin ich schon lange nicht mehr. Eher traurig über alles, was ich verloren habe.

Vor meinen Füßen endet der Weg plötzlich. Eine große Leere tut sich vor mir auf. Das ist ein Ort, den es nicht gibt. Ich fange an zu weinen und mache ein paar schwankende Schritte Richtung Straßenrand. Die Leere ist so leer, dass ich anfange, Dinge darin zu sehen. Erinnerungen von früher.

Meine Eltern, als sie noch jung waren und mich noch anlachen konnten.

Isa, die neben mir radelt, der Wind, der durch ihre Haare weht. Sie lächelt mich an. Oder ist das Maxime?

Egal. Sie sind beide verschwunden.

Vielleicht kommen sie als jemand anderes zurück. Vielleicht werde ich sie nie wiedersehen.

Dann lasse ich mich fallen.

Schweißnass schrecke ich auf. Es dauert bestimmt eine Minute, bevor mir klar wird, wo ich bin. Das Teelicht ist ausgebrannt, aber es ist nicht dunkel. Unter den Vorhängen fällt fahles Tageslicht ins Zimmer. Der Stoff bewegt sich sachte im Wind. Ich kann mich nicht erinnern, dass das Fenster gestern Abend offen stand …

Ich will Maxime fragen, ob sie es gestern vielleicht aufgemacht hat, aber sie liegt nicht mehr neben mir. Dösig lasse ich mich ins Kissen zurückfallen. Ich überlege, mich der Kälte auszusetzen, das Fenster zu schließen und weiterzuschlafen. Aber dann treibt die Erinnerung an den vorigen Abend nach oben und verscheucht auch das letzte Restchen Schlaf.

Ich sollte lieber aufstehen und meine Sachen packen. Ich kann Sami schließlich nicht den ganzen Tag aus dem Weg gehen …

Plötzlich höre ich von irgendwo aus dem Haus ein Geräusch. Erst halte ich es für eine Bö. Dann wird das Geräusch lauter und eindringlicher, bis kein Zweifel mehr daran besteht, was ich höre.

Es ist ein lauter, fast tierischer Schrei.

Und ich weiß augenblicklich, dass wir heute nicht nach Hause fahren.

# Stunden: 45

Das hier passiert nicht wirklich. Wir rennen nicht alle zu Lizzys Zimmer, und wir hören sie nicht schreien. Bitte, lass das alles noch ein Traum sein!

Daniel reißt ihre Zimmertür auf.

»Verdammt, sie ist verletzt!«, ruft er und stürmt auf Lizzys Bett zu. »What the fuck ist hier passiert? Lizzy! Lizzy, bitte, sag was!«

Sami stellt sich neben ihn. »Das kann doch nicht wahr sein«, stammelt er.

Keuchend starre ich ins Zimmer. Das Bild ist so absurd, dass ich es kaum begreife. Lizzy sitzt aufrecht im Doppelbett. Die Vorderseite ihres T-Shirts ist dunkelrot vor Blut und klebt an ihrem Bauch. Sogar in den Haaren ist Blut. Lizzy starrt auf die Wand, ohne uns wirklich wahrzunehmen. Hinter ihr wehen die Vorhänge wie Gespenster ins Zimmer.

»Lizzy, sprich mit mir!« Daniel nimmt ihre Hand. Ihr Arm wirkt so dünn. So zerbrechlich.

Sie entzieht ihm den Arm und verbirgt ihr Gesicht in den Händen.

Ich höre schnelle Schritte auf der Treppe, und einen Moment später fegt Vincent ins Zimmer. »Leute, was ist los, ich habe euch schreien hören …« Bei Lizzys Anblick wird er schlagartig still und weicht zurück.

Hinter ihm taucht Maxime auf. »Wir müssen ihr helfen!«, ruft sie. »Warum macht denn niemand was?«

»Maxime, bitte halt den Mund«, sagt Sami heiser. Er legt Lizzy eine Hand auf die Schulter. »Lizzy, wo tut es weh?«

Sie wiegt sich sanft hin und her, als wäre ihr nicht bewusst, dass Sami sie etwas fragt.

»Ich brauche Wasser. Und Verbandszeug«, erklärt Sami knapp.

»Ich … ich hole welches«, sagt Daniel. Sein Gesicht ist leichenblass. »Meinst du, sie …«

Sami schüttelt langsam den Kopf, als würde er nicht wollen, dass Daniel diese Frage stellt. »Ich habe keine Ahnung. Wir … wir müssen nachsehen, woher das ganze Blut kommt.«

»Ich bin so schnell wie möglich wieder da.« Daniel dreht sich um und geht an Vincent vorbei zum Flur. »Hilfst du mir?«

»Äh, ja«, sagt Vincent. »Klar. Vielleicht müssen wir das Wasser erst abkochen, um es keimfrei zu machen. Das habe ich in einem Film auf Netflix gesehen.«

»Möglich«, entgegnet Daniel kurz angebunden. Dann sagt er noch etwas, aber ich kann die Worte nicht mehr verstehen, weil die beiden die Treppe hinunterpoltern.

Sami wendet sich wieder Lizzy zu. »Es wird alles gut«, sagt er leise. »Kannst du erzählen, was passiert ist?«

»Ich … Ich …« Lizzy stöhnt, als würde das Sprechen sie unmenschlich viel Anstrengung kosten. »Ich habe etwas gehört … und dann … Ich weiß es nicht.«

»War heute Nacht jemand in deinem Zimmer?«

Lizzy zuckt mit den Schultern. Sie zittert am ganzen Körper.

»Wir werden alle hier sterben.« Maxime schluchzt laut auf. »Erst Vincent und jetzt Lizzy!«

»Hier wird niemand sterben.« Es klingt freundlich, aber Samis Blick ist hart. »Weißt du, was, Maxime, wie wäre es, wenn du ein paar saubere Handtücher suchen würdest?«

Maxime blinzelt, als würde sie ihn nicht verstehen.

»Das wäre wirklich sehr lieb. Dann können wir Lizzy das Blut abwaschen, verstehst du?« Sami lächelt sie an.

»Ja«, sagt sie mit belegter Stimme und schlurft zum Flur.

Ich will mit ihr gehen, aber Sami legt mir die Hand auf den Arm und hält mich zurück.

»Anne, du musst mir helfen«, sagt er. »Ich kann das hier nicht allein.«

»Natürlich.« Ich starre auf meine Hände. Das ist nicht der richtige Zeitpunkt, mich zu sträuben.

»Anne«, sagt er wieder.

Als ich ihn anschaue, spüre ich eine seltsame Leere.

»Wegen gestern Abend …«, beginnt er, und in seinen Augen sehe ich Schatten.

Irgendwie scheint das alles so lange her. »Ich habe es schon wieder vergessen«, sage ich. »Das hatte nichts zu bedeuten. Sag, was ich machen soll.«

»Okay.« Er nickt und wirkt erleichtert. »Du musst mir bei ihrem T-Shirt helfen.«

Er kniet sich neben das Bett, sodass er Lizzy auf gleicher Höhe in die Augen schauen kann. »Hör zu, Lizzy, kannst du dich vielleicht hinlegen?«

Sie murmelt etwas Unverständliches, anscheinend ein »Ja«.

Er fasst Lizzy an den Schultern und drückt sie leicht nach hinten. »Nur die Ruhe, so geht es gut.«

Lizzys Kopf sinkt ins Kissen. Sie hat noch immer diesen seltsam abwesenden Blick in den Augen.

»Vielleicht ist es ein bisschen merkwürdig, wenn ich ihr das T-Shirt ausziehe.« Er wirft mir einen hilflosen Blick zu. »Ich meine, ich bin ein Mann.«

»Ich mache das«, sage ich heiser.

Schon beim Anblick des blutdurchtränkten T-Shirts wird mir schwindelig. Worauf habe ich mich hier bloß eingelassen? Meine Hände zittern, als ich den Saum von Lizzys T-Shirt vorsichtig hochziehe. Ihre Atmung geht schnell, und ihre Finger krallen sich in meinen Arm.

»Hilf mir«, flüstert sie. »Ich habe so eine Angst …«

»Pst, nur ruhig«, murmele ich. Aber sie steckt mich mit ihrer Panik an, und ich fühle mich immer weniger wohl. Behutsam streife ich ihr das T-Shirt über den Kopf und lege es danach über ihre Brüste, um sie zu bedecken.

»Fertig«, sage ich zu Sami.

»Danke dir, Anne.«

Seine Hand streicht über meinen Arm. Ich hasse meinen Körper, der sofort darauf reagiert und warm wird.

Sami scheint nichts zu bemerken und beugt sich über das Blut auf Lizzys Bauch.

»Das ist ja seltsam«, sagt er. Ich sehe etwas in seinen Augen. Erstaunen … aber auch eine Spur Angst. »Da … Da ist überhaupt keine Wunde. Nicht mal eine Schramme oder ein Schnitt.«

Lizzy beginnt zu stöhnen, als hätte sie Schmerzen.

»Und wo kommt dann das ganze Blut her?«, stammele ich.

»Keine Ahnung«, sagt er langsam. »Aber schau dir mal die Form des Flecks an.«

Es ist, als würde ich durch eine Kamera auf ein Bild starren, das ich nicht scharfstellen kann. Ganz langsam nehmen die Konturen des Flecks Form an. Und es fühlt sich an, als würde mir der Boden unter den Füßen weggezogen.

»Das … das sieht aus wie zwei Flügel«, flüstere ich.

# III

Wusstest du, dass es oft nicht die Stärksten sind, die eine Katastrophe überleben, sondern dass die Überlebenden meistens diejenigen sind, die sich am schnellsten einer neuen Situation anpassen können?
Also stell dir vor (rein hypothetisch natürlich), dass eine Gruppe von Menschen in einem Raum ohne Essen und Trinken eingeschlossen wird. Dann ist vielleicht das schwache, jammernde, mega-nervige Mädchen, das immer nur an sich denkt und auf das du nie gesetzt hättest, die Person, die am längsten am Leben bleibt. Ich jedenfalls würde nicht auf den beliebten Jungen mit der großen Klappe wetten.
Aber es kann natürlich auch ganz anders laufen ...

PLAY ▶
STUNDEN: 122

## TAPE SAMI

**Aufnahme 2**

Ich ... ich weiß, dass es nichts bringt, hier zu sitzen, aber es ist das Einzige, was ich noch tun kann ...

Ich bin so müde. Manchmal ist schlagartig der halbe Tag vorbei. Und manchmal denke ich stundenlang an deine blauen Lippen und dein geschwollenes Gesicht.

Heute Nacht träumte ich, wir seien in einem Ferienhaus am Meer. Wir waren älter, und ich weiß ganz einfach, dass im anderen Zimmer unsere Kinder schliefen.

»Hallo, Sami«, sagtest du, als du mich wachküsstest.
»Hey, du Schnuckel«, sagte ich und kuschelte mich an deinen warmen Körper.
»Was willst du heute unternehmen?«, fragtest du.
»Ich dachte an einen langen Strandspaziergang.«
»Und davor?«
»Dachte ich an dich.«
Ich spürte eine Hand auf meinem Ständer.
»Ich habe dich vermisst.«

»Wir haben nur ein paar Stunden geschlafen.«
»Das meine ich.«
Die Hand bewegte sich auf und ab, und wir küssten uns. Minutenlang. Unsere Küsse wurden intensiver, feuriger. Und die ganze Zeit schauten wir einander an, fragten wir uns mit Blicken, ob es in Ordnung sei.
»Ich liebe dich schon mein Leben lang«, flüsterte ich. »Auch, als ich es dir noch nicht gesagt habe.«
»Pst«, sagtest du, »das weiß ich.«

# Stunden: 48

Wir sitzen uns schweigend am Wohnzimmertisch gegenüber. Mein Herz wummert, und ich lausche auf jedes noch so leise Geräusch. Der Morgen, an dem ich mit Maxime in den Zug gestiegen bin, scheint ewig her. Vor uns auf dem Tisch steht ein Teller mit einer Banane, drei Crackern, zwei Streichwürstchen und anderthalb Scheiben Schnittkäse. Neben dem Teller steht eine Flasche Wein. Das ist alles, was wir in der Küche noch auftreiben konnten.

»Sollen wir gleich die Banane essen und den Rest für später aufbewahren?«, fragt Sami.

Daniel nickt. »Ja, das scheint mir vernünftig. Vielleicht sollten wir alles in kleine Portionen aufteilen, damit wir länger was davon haben.«

Ich habe Hunger. So großen Hunger, dass mir davon schwindelig wird. Ich versuche, das Gefühl zu ignorieren, und stelle mir vor, mein Bauch würde nicht mehr zu meinem Körper gehören. Was nicht da ist, kann man auch nicht spüren … Aber ich denke trotzdem die ganze Zeit daran.

»Wir fahren aber doch nach Hause?«, fragt Maxime mit tränenerstickter Stimme. »Ihr … ihr habt gestern gesagt, wir würden gehen.«

Maximes Bemerkung bleibt zwischen uns hängen. Wir starren Maxime an. Ihre Haare hängen ihr ungekämmt und strähnig ums Gesicht. In ihren Augen sehe ich Angst, aber auch eine gewisse Empörung. Als fände sie es sehr ungerecht, dass ihr so etwas passiert.

Daniel räuspert sich. »Heute Nacht hat sich die Situation bedeutend verändert, Maxime«, sagt er leise. »Lasst uns mal sortieren, was wir wissen. Ergänzt ihr bitte, wenn ich etwas vergesse?«

Er schließt für einen Moment die Augen, wodurch sich die dunklen Ringe darunter noch stärker abzeichnen. »Vor einem Tag haben wir eine Nachricht bekommen von jemandem, der sich Angel Prophecies nennt und uns warnt, wir sollten drinnen bleiben. Wir dachten alle, es wäre ein Scherz. Dann fällt der Strom aus. Ein paar Stunden später wird Vincent draußen durch etwas – oder jemanden – verletzt. Das könnte Zufall sein. Aber dann rennt Lizzy gestern Abend aus dem Haus und … Wir wissen alle, wie das ausgegangen ist. Ich glaube, wenn wir dieses Haus jetzt verlassen, gehen wir ein großes Risiko ein.«

»Ja, das glaube ich auch«, sagt Vincent. »Das ist kein Zufall mehr.«

Sami scheint erst zu zweifeln, nickt dann aber. »Ich bin eurer Meinung. Und Lizzy hat Fieber, ich glaube, es ist sowieso nicht vernünftig, jetzt mit ihr ins Freie zu gehen. Ich habe kein Thermometer, aber ihre Stirn fühlt sich glühend heiß an.«

»Shit, das ist nicht dein Ernst.« Daniel schaut zu Lizzy. Sie hat sich tief in einen Sessel verkrochen, in eine Bettdecke gewickelt. Ihr Blick ist glasig, als wäre sie mit ihren Gedanken woanders.

»Weißt du … woher dieses Fieber kommt?«, fragt Daniel.

»Nein, das kann einfach ein kleiner grippaler Infekt oder eine Erkältung sein.«

*Aber es kann auch etwas anderes sein*, lese ich in Samis besorgtem Blick. *Etwas, das sie sich eingefangen hat, als sie draußen war.*

Die anderen sehen es auch, und wir schweigen alle.

Sami fährt sich mit einer Hand durch die Haare. »Ich habe ihr eine Paracetamol gegeben, aber die Schachtel ist fast leer. Hat zufällig jemand noch etwas von zu Hause mitgebracht?«

Wieder tritt eine Stille ein.

»Dann sollten wir möglichst nicht alle gleichzeitig krank werden«, sagt er mit einem schwachen Lächeln in dem Versuch, die Spannung zu brechen.

Daniel steht auf und geht zum Fenster. Seine Silhouette zeichnet sich dunkel gegen den Nebel ab. Als er endlich etwas sagt, klingt seine Stimme schwer und matt. »Es passt einfach nicht.«

»Vielleicht werden wir als Geiseln gehalten«, murmelt Sami. »Die ganze Welt weiß, dass dein Pa mit seinem Medien-Imperium zu den Top 500 in diesem Land gehört und stinkreich ist.«

»Ja, das ist eine Möglichkeit, mein Vater hat Feinde genug«, sagt Daniel nachdenklich. »Aber das erklärt nicht alles. Warum zum Beispiel ist der Strom ausgefallen? Vielleicht gibt es ja einen weltweiten Blackout, und es sind noch mehr Menschen wie wir drinnen eingesperrt.«

Daniel schaut uns an.

Wir schauen ihn an.

Keiner hat Antworten.

»Aber warum sollte uns jemand bei einem Stromausfall angreifen?«, fragt Sami schließlich. »Das ist nicht logisch. Das wahrscheinlichste Szenario ist doch, dass wir hier von einem Verrückten festgehalten werden. Vielleicht macht der es für

Lösegeld oder einfach so zum Spaß. Die letztere Option wäre noch ein wenig übler …«

»Wisst ihr, woran ich gerade denken muss?«, sagt Vincent auf einmal und streckt sich. »Ich habe neulich einen Film auf Netflix gesehen, der wirklich *fucking weird* war. *Birdbox.* Der begann auch so seltsam. Alles war normal, und plötzlich, zack bumm, hat sich die Welt in eine Art Hölle verwandelt. Von einem Moment zum anderen verübten die Leute Selbstmord, weil sie Wesen sahen.«

»Wie endet der Film?«, fragt Sami.

»Schlecht.« Vincent lehnt sich auf seinem Stuhl zurück. »Es ist sozusagen das Ende der Welt. Diese Wesen gehen nie mehr weg. Nur eine Handvoll Menschen bleibt am Leben.«

Daniel atmet hörbar ein. »Schöner Film, Vincent. Sollen wir aufhören, darüber zu reden?«

Aber es ist schon zu spät, der Film läuft in meinem Kopf weiter: Ich sehe weinende Menschen vor mir, die einer nach dem anderen Selbstmord begehen, weil die Alternative noch schlimmer ist.

»Wie sahen diese Wesen aus?«, fragt Lizzy. »Waren sie so was wie Schatten?« Sie hat noch immer diesen hohlen, leeren Blick in den Augen.

Vincent kneift die Augen zusammen, als würde er ihre Frage nicht verstehen. »Ich habe keine Ahnung«, sagt er dann. »Im Film bekommt man diese Wesen nie zu Gesicht.«

»Weil es sie nicht gibt«, sagt Daniel und seufzt. »Könnten wir jetzt bei den Fakten bleiben? Hat jemand heute Nacht etwas Merkwürdiges gehört?«

»Nein«, sagt Vincent. »Ich lag unten im Wohnzimmer, aber ich habe niemanden gehört.« Er lächelt ein wenig entschuldigend, als wollte er sagen: Tut mir leid, ich hätte euch gern weitergeholfen.

Maxime legt ihre Arme fest um sich. »Heute Morgen waren im oberen Stock Fenster offen«, sagt sie kaum hörbar. »Ich glaube, so sind sie hereingekommen.«

Eine eigenartige Stille tritt ein. Ich sehe an den Augen aller, dass wir dasselbe denken: Warum um Himmels willen redet sie über »sie« im Plural …? Aber es sagt auch niemand: »Hör doch auf zu spinnen.«

Wie gelähmt sehen wir uns an. Absurd, wie sich plötzlich alles ändern kann. Vorgestern schien es noch der Beginn eines öden Herbsturlaubs. Jetzt fürchte ich, nie wieder nach Hause zu kommen.

Atmen, rede ich mir gut zu. *Einfach weiteratmen und weiter nachdenken. Es muss einen Ausweg geben, nur siehst du ihn noch nicht.*

»Wir müssen eine Liste schreiben«, sage ich plötzlich und erschrecke selbst vor mir.

»Hä?« Maxime zieht die Nase hoch und sieht mich verständnislos an.

»Eine Liste mit, äh, Dingen, an die wir uns halten können, mit Anweisungen und Regeln …« Meine Stimme bebt, aber es gelingt mir dennoch, verhältnismäßig ruhig zu wirken.

Die jetzt eintretende Stille dauert für mein Gefühl ewig.

»Ich finde, das ist eine großartige Idee«, sagt Sami endlich. Er legt mir eine Hand auf die Schulter.

Ich erstarre unter seiner Berührung und sehe, dass ihn meine Reaktion erschreckt. Aber ich bin zu müde, um mir darüber Gedanken zu machen.

»Klasse, Anne!« Vincent grinst. »Wenigstens eine, die noch ihr Hirn einschaltet.«

»Ich stimme voll und ganz zu.« Daniel nimmt einen Stift und einen vergilbten Notizblock aus dem Bücherregal. »Willst du schreiben, Anne?«, fragt er und lächelt.

Ich nicke, weil ich nicht wüsste, wie ich mich weigern könnte. Aber ich zittere am ganzen Körper.

# Stunden: 49

Eine Stunde später sind wir fertig. Meine Finger sind ganz verkrampft vom Schreiben. Wir haben alles bestimmt hundertmal durchgesprochen. Schließlich haben wir das Blatt mit den Regeln an der Wand über dem Tisch aufgehängt. Es fühlte sich erleichternd an, auch wenn es ziemlich einfache Abmachungen waren. Aber es gibt uns das Gefühl, ein bisschen Kontrolle zurückzugewinnen.

1. *Niemand darf mehr ohne Zustimmung aus dem Haus gehen.*
2. *Niemand schläft mehr allein.*
3. *Lebensmittel und Teelichter werden rationiert.*
4. *Wenn jemand etwas Merkwürdiges sieht oder hört – sofort Bescheid sagen!!!*
5. *Alle Türen und Fenster werden verriegelt, und die Vorhänge müssen zugezogen bleiben.*
6. *Wir brauchen einen Schutzraum, falls wir uns in Sicherheit bringen müssen.*
7. *Wir müssen uns gegenseitig vertrauen können.*

Ich weiß immer noch nicht, warum Daniel Letzteres dabeihaben wollte, vielleicht, weil er befürchtete, wir würden sonst alle nach draußen rennen, wie Lizzy. Als der Zettel an der Wand hing, haben wir alle unsere Namen daruntergekritzelt, als würden wir einen Vertrag unterzeichnen. Doch als ich ihn mir aus der Ferne betrachtete, wirkte er eher wie ein Abschiedsbrief. *Sami, Daniel, Lizzy, Maxime, Vincent und Anne waren hier …*

»Sie werden uns schon suchen kommen, wenn wir Samstag nicht wieder zurück sind«, sagt Sami und zieht auch den letzten Vorhang im Wohnzimmer zu. Die Welt auf der anderen Seite der Scheibe verschwindet. Wir spüren dadurch fast noch deutlicher, dass wir wirklich auf uns angewiesen sind. Im Dämmerlicht sitzen wir auf dem Wohnzimmerboden, Schulter an Schulter, und lauschen.

Es ist still draußen. Je länger wir horchen, desto lauter scheint die Stille zu werden.

»Dürfen wir nicht wenigstens hin und wieder aus dem Fenster schauen?«, durchbricht Maxime das Schweigen. »Nur ein paar Minuten?«

»Wir gehen keine Risiken ein, wir machen einfach genau, was in dieser Nachricht stand«, sagt Daniel. »Sami hat recht, das Ganze wird höchstens ein paar Tage dauern. Es gibt genügend Leute, die wissen, dass wir hier sind – unsere Eltern, der Vermieter. Und vielleicht werden sie ja auch vorher unruhig, weil wir nicht erreichbar sind und auf keine einzige Nachricht reagieren.«

»Vielleicht hocken sie ja auch zu Hause, wenn es ein Blackout ist«, sagt Vincent. »Oder diese Nachricht war wirklich eine Notmeldung, und es hat eine Katastrophe gegeben.«

»Meine Eltern …« Maxime beginnt zu weinen. Dicke Tränen kullern über ihre Wangen. »Vielleicht ist ihnen etwas passiert.« Sie kneift in meinen Arm.

Ich versuche, sie beruhigend anzulächeln. »Pst, ganz ruhig«, sage ich. Eigentlich weiß ich nicht, warum ich das sage, denn mittlerweile muss ich mich anstrengen, meine eigene Angst im Griff zu behalten.

»Kommt schon, Leute«, sagt Daniel und seufzt. »Das bringt doch nichts. Solange wir nicht sicher wissen, dass auch andere Menschen festsitzen, gehen wir nicht davon aus. Reißt euch zusammen.«

Er wendet sich an Sami und Vincent. »Lasst uns mal hochgehen und schauen, ob wir diese verschlossene Tür aufkriegen. Vielleicht finden wir etwas, womit wir die Fenster verbarrikadieren können.«

»Gute Idee.« Vincent rappelt sich vom Boden auf. »Ich nehme ein paar Kerzchen mit, sonst sehen wir nichts.«

Auch Sami steht auf. »Liegt hier irgendwo Werkzeug in der Hütte? Das brauchen wir vermutlich.«

»Im Schrank unter der Treppe habe ich eine Werkzeugkiste gesehen, glaube ich«, sagt Daniel. »Komm, wir schauen mal, ob was Brauchbares drin ist.«

Im schwachen Schein der Teelichter gehen sie zum Flur.

»Ich habe Hunger«, jammert Maxime, als sie verschwunden sind. »Mein Bauch tut weh, und mir ist schwindelig. Ich habe gestern Abend viel weniger Chips gegessen als ihr, weil ihr schon fast alles aufgegessen hattet.«

Erstaunt sehe ich sie an. *Ist das ihr Ernst?*

In ihren vom Weinen geschwollenen Augen steht die blanke Panik.

»Kopf hoch, Max«, sage ich freundlich und nehme ihre Hand. »Ich versuche, nicht an den Hunger zu denken, sondern an etwas anderes. Das hilft echt.«

»Bei mir nicht.« Maxime schnieft. »Mir ist einfach schlecht vor Hunger.«

»Weißt du was?« Ich stehe auf. »Ich mache dir einen Tee. Dann hast du was Warmes im Bauch.«

Sie zuckt mit den Schultern.

»Lizzy, willst du auch Tee?«, frage ich.

»Ja, gern«, sagt sie, ohne mich anzuschauen. Ihr scheint es durch das Paracetamol etwas besser zu gehen.

Seufzend nehme ich den Teller mit dem Essen, um ihn in die Küche zu bringen. Ich habe das Gefühl, dass Lizzy und Maxime beide kurz vor einem Zusammenbruch stehen.

Als ich fünf Minuten später mit einer Kanne Tee und drei Bechern zurückkomme, sehe ich, wie Maxime und Lizzy miteinander tuscheln. Maximes Kopf schießt hoch, als sie mich bemerkt.

»Wir dachten schon, du würdest nicht mehr zurückkommen«, sagt sie langsam.

Einen Augenblick weiß ich nicht, was ich antworten soll, und runzele die Stirn.

»Warum guckst du jetzt so böse?«

»Ich gucke nicht böse. Ich denke nach.« Jetzt werfe ich ihr wirklich einen verärgerten Blick zu. »Ich war in der Küche und habe darauf gewartet, dass das Teewasser kocht.«

»Und das dauerte fünf Minuten?«

»Ja.«

Ich höre ein Poltern oben, gefolgt von einem Schlag, und schaue mit einem schrägen Blick in Richtung Flur. Vermutlich sind es die Jungs beim Versuch, die Tür aufzubrechen.

»Weißt du, Lizzy und ich haben uns eine neue Regel überlegt.«

Ihr Blick ist distanziert. »Wir glauben, es ist besser, immer zu zweit in die Küche zu gehen.«

Ich bin fassungslos und spüre, wie meine Wangen rot werden. »Glaubst du vielleicht, ich hätte alle Cracker allein aufgegessen?«, frage ich mit rauer Stimme. »Das würde ich wirklich nie tun, das weißt du.«

»Nein, wie kommst du denn jetzt darauf? Wir dachten einfach, es sei eine gute Idee, alles in diesem Haus gemeinsam zu machen, das ist viel sicherer.« Sie sagt es übertrieben freundlich.

Lizzy nickt und sitzt mit gesenktem Kopf neben Maxime.

»Prima, wie ihr wollt.« Es fühlt sich idiotisch an, sich wegen ein paar Crackern zu streiten. »Dann gehen wir in Zukunft …«

Ein lauter Schrei ertönt, gefolgt von Daniels Rufen: »Kommt schnell nach oben. Beeilt euch!«

# Stunden: 52

Inzwischen glauben wir, dass es sich weder um einen Blackout noch um eine Katastrophe handelt, sondern um eine Entführung oder eine Geiselnahme. Denn das hier wurde schon vorbereitet, bevor wir überhaupt in diese Hütte kamen! Wie könnte es sonst sein, dass dort eine Videokamera auf einem Stativ steht und sechs dieser altmodischen Videokassetten in diesem Zimmer liegen? Sechs. Ein Tape für jeden von uns. Jemand wusste, dass wir irgendwann diese Tür aufbrechen und alles finden würden! Er oder sie wusste auch, dass es keinen Strom mehr geben würde, denn neben der Kamera liegen Batterien. Und ein Zettel mit dem Text: **ONLY THE TRUTH WILL SET YOU FREE.**

Wir haben bestimmt eine Stunde über die Bedeutung der Videokamera und der Bänder diskutiert. Sollen wir Aufnahmen von uns selbst machen, damit unsere Entführer Lösegeld erpressen können? Oder sollen wir sie als eine Möglichkeit sehen, eine Abschiedsnachricht zu hinterlassen?

Schließlich hatte Daniel die Diskussion beendet. »Das bringt uns nicht weiter. Im Augenblick ist es relativ egal, warum diese Videotapes hier liegen. Es geht vor allem darum, was wir damit machen. Wir können die Tür wieder zuziehen, so tun, als gäbe es sie nicht, und abwarten, ob das Konsequenzen hat. Oder wir betrachten das Ganze als etwas Positives. Als ein ruhiges Zimmer, in das man sich kurz zurückziehen und alles sagen kann. Einen Augenblick für uns selbst.«

Es wirkte so, als seien alle erleichtert, dass Daniel diesen Vorschlag einbrachte. Der besorgte Ausdruck auf Samis Gesicht wich der Resignation. Die Panik in Maximes Augen schlug in Erschöpfung um. Lizzy schien sich mit Daniels Vorschlag abzufinden, und Vincent überkam eine gewisse Lässigkeit.

»Ich fange mal an.« Daniel schob einen Stuhl vor das Stativ. »Das System mit den Bändern ist ziemlich altmodisch, aber ich glaube, ich verstehe, wie es funktioniert, und kann alles einstellen. Ich komme gleich zu euch runter.«

Wir verließen das Zimmer und sammelten uns auf dem Treppenabsatz.

In der Tür drehte sich Sami noch einmal kurz um. »Viel Erfolg«, sagte er. Und nach kurzem Zögern: »Sei vorsichtig, ja?«

Daniel nickte. »Natürlich. Ich bin gleich wieder bei euch.«

Wir schauten zu, wie Sami vorsichtig die Tür zuzog und Daniel verschwand. Es fühlte sich an, als hätten wir etwas getan, was sich nicht mehr umkehren ließ.

Als Daniel nach etwa zehn Minuten nach unten kam, waren wir so erleichtert, dass wir ihn mit Gejohle begrüßten.

»Unser Held!«, rief Vincent.

Daniel musste lachen. »Na ja, so schwierig war es nun auch nicht. Man steckt so ein Tape in die Klappe an der Seite und drückt auf REC. Wenn das rote Lämpchen leuchtet, zeichnet es auf. Jeder von euch sollte nach oben gehen, wenn er oder sie das Bedürfnis dazu hat. Und ich habe mir die Freiheit genommen, unsere Namen auf die Kassetten zu schreiben. Ich will schließlich nicht, dass die Leute später glauben, ich wäre irgendein gescheiterter Medizinstudent.«

Wir mussten alle lachen.

»Vielen Dank auch«, sagte Sami grinsend.

Danach haben wir nicht wieder über die Videokamera gesprochen. Doch ich habe gehört, wie Lizzy heute Nachmittag nach oben ging. Sie hat nichts dazu gesagt, aber ich glaube, sie hat etwas aufgenommen. Als sie zurückkam, las ich eine merkwürdige Mischung aus Schmerz und Wut in ihren Augen. Ich wollte sie fragen, ob etwas los sei und ob sie sich wieder gut fühle, aber sie wandte mir den Rücken zu und setzte sich neben Maxime. Die Botschaft konnte nicht deutlicher sein: Lass mich in Ruhe.

Wir haben überall Teelichter hingestellt und die Weinflasche geleert.

Niemand protestierte, als Vincent »Snacktime!« rief und zwei Cracker und die Streichwürstchen aus der Küche holte. Wir brachen die Cracker in winzige Stücke und tunkten sie in die Streichwurst, als würden wir Käsefondue essen.

»Mann, was habe ich für einen Hunger«, sagte Sami, der mit geschlossenen Augen aß. »Das ist himmlisch.«

Die Cracker waren ein wenig weich geworden, aber das fand niemand schlimm. Ich kaute extra lange darauf herum.

Maxime kicherte. »Das ist wirklich so peinlich, aber ich glaube, ich bin schon von dem einen Glas Wein betrunken.«

»Genieße es!« Sami grinste.

Vincent erzählte von dem allerübelsten Kater, den er je hatte. Im letzten Sommer war er mit ein paar Freunden zelten gewesen, und am ersten Abend hatten sie Bierpong gespielt. Vincent hatte immer verloren und bestimmt zwanzig Becher Bier trinken müssen.

»Ich war so hinüber, dass ich nicht mehr wusste, wo mein Zelt stand«, sagte er. »Als ich morgens wach wurde, lag ich im

Zelt von zwei wildfremden Mädchen. Ich hatte über ihre Schlafsäcke gekotzt, und sie waren stinksauer.«

Das war mit Abstand das Witzigste, was ich seit Tagen gehört hatte. Wir konnten alle nicht mehr aufhören zu lachen.

Auch Daniel lachte. Aber ich sah, dass er seinen Wein nicht ausgetrunken hatte. Er hatte auch vorgeschlagen, einer von uns solle nachts Wache schieben, und gesagt, das wolle er heute übernehmen. *Wir brauchen ihn*, ging mir durch den Kopf. Ohne Daniel wäre das Ganze zum Chaos geworden, dann hätten wir uns wahrscheinlich gegenseitig den Schädel eingeschlagen. Er ist der Einzige, der immer die Übersicht wahrt und irgendwie Führungsqualitäten zeigt.

Lizzy meinte als Erste, sie würde wieder nach oben gehen, weil sie Kopfschmerzen hätte.

»Ich glaube, es ist vernünftig, wenn ihr euch alle schlafen legt«, sagte Daniel.

»Jetzt schon?« Vincent machte ein enttäuschtes Gesicht. »Ich bin noch gar nicht müde.«

»Da bist du wahrscheinlich der Einzige«, murmelte Sami.

Ohne Zähneputzen sind wir alle in unsere Zimmer gegangen. Lizzy lag schon in dem Doppelbett, als Maxime und ich neben sie krochen.

Vorsichtig drehe ich mich um, aber es ist kaum Platz.

»Ich traue mich nicht zu schlafen«, höre ich Lizzy flüstern.

»Keine Angst«, sagt Maxime, die in der Mitte liegt. »Wir sind zu dritt. Und Daniel sitzt unten.«

»Ob da jetzt … Wesen draußen sind?«, fragt Lizzy mit belegter Stimme.

Das ist eine seltsame Frage, aber ich verstehe, was sie meint. Es ist tiefdunkel um uns herum, und manchmal raschelt etwas draußen. Im Augenblick könnte alles und jeder um die Hütte schleichen.

»Nicht dran denken«, flüstere ich. »Sonst bekommst du nur noch mehr Angst. In ein paar Stunden wird es wieder hell. Dann sieht alles anders aus.«

»Du meinst, dass wir dann noch immer in diesem Haus eingesperrt sind«, sagt Maxime. Es klingt unfreundlich.

»Fürchtet ihr auch, dass wir nie gerettet werden?«, fragt Lizzy nach einer Weile.

»Ja«, sagt Maxime heiser.

»Ich habe so große Angst, dass es von jetzt an immer nur schlimmer wird …« Lizzys Stimme bricht. »Versteht ihr das?«

Es wird still. Ich denke, wir alle verstehen Lizzy – und zwar besser, als wir wollen. Es fühlt sich an, als wäre unser altes Leben zu einer Erinnerung geworden, etwas, das nicht mehr wirklich existiert.

»Ich habe Angst«, murmelt Lizzy. »Würdest du meine Hand halten, Max?«

»Na klar.« Maxime rollt sich zu Lizzy herum. »Kuschel dich an mich.«

Maximes Wärme verschwindet neben mir. Ich ziehe meine Knie hoch und rutsche tiefer unter die Decke.

»Gute Nacht, Anne«, sagt Maxime kühl. »Lizzy fühlt sich nicht so gut, das verstehst du doch?«

Das ist typisch Maxime – immer alles für sich selbst schönreden.

»Natürlich«, sage ich mit rauer Stimme. »Gute Nacht.«

Nach wenigen Minuten höre ich an Lizzys und Maximes ruhigen Atemzügen, dass sie eingeschlafen sind. Es fühlt sich ungerecht an … Warum können sie schlafen und ich nicht?

Mit brennenden Augen starre ich vor mich hin. Ich habe keine Ahnung, wie viel Zeit verstreicht, aber mein Gefühl sagt mir, dass es nach Mitternacht sein muss, als ich plötzlich höre, wie die Zimmertür der Jungs ganz leise geöffnet wird, gefolgt von leise knarzenden Schritten, die sich Richtung Treppe bewegen.

Mein Herz klopft bis zum Hals. Stimmt da etwas nicht? Vorsichtig lasse ich mich aus dem Bett gleiten und öffne unsere Tür einen Spaltbreit. Ich sehe gerade noch, wie Sami mit einem Teelicht im dunklen Treppenhaus verschwindet.

Ich will ihn rufen, fürchte aber, damit alle anderen zu wecken. Zögernd bleibe ich stehen. Ob er Daniel ablösen will? Ist etwas passiert? Hat er draußen etwas gehört? Ich kann mich unmöglich wieder ins Bett legen und so tun, als hätte ich nichts gesehen.

Ohne nachzudenken, schlüpfe ich aus unserem Zimmer und taste mich die Treppe hinunter. Die Tür zum Wohnzimmer ist nur angelehnt, und ein schwacher Lichtschein fällt hindurch.

Ich drücke die Tür etwas weiter auf und will hineingehen. Aber ich erstarre auf der Schwelle.

Sami und Daniel stehen sich gegenüber. Trotzdem sieht es nicht so aus, als würden sie miteinander reden. Samis Blick ist nach unten gerichtet, als würde etwas auf dem Boden liegen. Keiner von beiden tritt zur Seite. Daniels Arm geht auf und ab. Sami atmet schwer. Daniel legt seine freie Hand in Samis Nacken und zieht ihn näher zu sich.

Ihre Köpfe sind nur noch wenige Zentimeter voneinander entfernt. Und dann küssen sie sich. Daniel schiebt eine Hand unter Samis T-Shirt, rollt seine Boxershorts nach unten.

Ich weiß, dass ich nach oben gehen sollte. Aber ich kann nicht. Ich muss weiter zuschauen, wie sie sich berühren.

Wieder küssen sie sich. Dutzende kleine Küsschen, die immer leidenschaftlicher werden. Es ist, als wüssten sie genau, was sie tun müssen. Das ist so anders als der vorsichtige Kuss, den Sami und ich gestern tauschten.

Sami stöhnt, als sich Daniels Arm schneller bewegt.

»Nicht aufhören«, flüstert er.

»Nie«, sagt Daniel leise.

Sie schauen sich die ganze Zeit unverwandt an, bis sich Samis Gesicht verzieht. Er kneift die Augen zusammen und stößt einen kleinen Schrei aus. Daniel lächelt und nimmt ihn in die Arme. Er streichelt seine Haare, sein Gesicht, er küsst seine Tränen.

»Das ist okay«, sagt er.

Sami nickt und legt seine Arme um Daniel. Ich kann nicht mehr erkennen, wo Daniel beginnt und Sami endet. Sie passen so perfekt ineinander.

Ich drehe mich um mit dem deprimierenden Gefühl, genauso gut nicht existieren zu können.

*Sami liebt Daniel und nicht mich …*

Auf einmal sehe ich die Verbindung, die es schon die ganze Zeit zwischen den beiden gegeben hatte, die ich aber nicht hatte sehen wollen, weil ich nur mit mir selbst beschäftigt war. Ich möchte weinen, aber ich tue es nicht.

Ich werde nicht daran sterben. Es tut einfach nur weh.

# Stunden: 70

Das war so ärgerlich heute Morgen. Wir saßen in der Küche und starrten ein wenig schläfrig vor uns hin. Alle waren erleichtert, die Nacht sicher überstanden zu haben. Maxime und Daniel fingen an, über den letzten Cracker zu streiten. Maxime sagte, sie bräuchte mehr zu essen, weil sie sich nicht gut fühlte. Daniel sagte, er wolle den Cracker aufheben und sie müsse nur einen Schalter im Kopf umlegen. Maxime meinte, das hätte sie schon längst getan, und jeder hätte Recht auf seinen Anteil.

Vincent war sichtlich genervt von allem und sagte, er würde jetzt mal Tee kochen. Niemand achtete so richtig auf ihn.

Mit seinen vom Schlaf verstrubbelten Haaren stand er über die Anrichte gebeugt. Er drehte den Wasserhahn auf und suchte in den Küchenschränken nach dem Teekessel.

Dann geschahen mehrere Dinge gleichzeitig. Maxime rief, Daniel sei ein egoistischer Arsch. Vincent stieß sich den Kopf an einer Schranktür. Und aus dem Wasserhahn kam ein merkwürdig gurgelndes Geräusch.

Sami verstand als Erster, was da gerade passierte. »Dreh den Hahn zu!«, brüllte er. »Sofort!«

Aber es war schon zu spät.

Das ist jetzt ein paar Stunden her. Wir haben alle Wasserhähne im Haus ausgetestet. Nirgends kommt mehr etwas heraus. Nicht mal ein Ministrahl oder ein paar Tropfen.

»Vielleicht haben wir gleich wieder Wasser«, sagt Maxime.

Sie sieht aus wie ein Gespenst mit ihrer leichenblassen Haut und den dunklen Schatten unter den Augen.

»Ich fürchte, dazu wird es nicht kommen«, antwortet Daniel. »Wir haben auch immer noch keinen Strom.«

Vincent schlägt mit der Faust auf den Tisch. »Verdammt, irgendjemand spielt da ein gemeines Spiel mit uns. Der macht das zum Spaß. Wir haben es hier mit einem Sadisten zu tun.«

»Ja, glaube ich auch«, sagt Sami düster. »Aber warum?«

Schweigend starren wir uns an.

»Keine Ahnung.« Daniel seufzt. »Aber ich weiß, dass wir ein ernsthaftes Problem haben. Ohne Wasser kann man maximal drei Tage überleben.«

Vincent reibt sich über die dunklen Stoppeln auf den Wangen. »Ich weiß nicht, wie ihr das seht, aber ich werde nicht hier warten, bis wir alle sterben.«

Sami schaut ihn überrascht an. »Bitte? Wie meinst du das?«

»Ich meine, dass einer von uns versuchen muss, das Dorf zu erreichen. Ich glaube wirklich, wir haben eine Chance. Dieser Mann behält die Hütte niemals vierundzwanzig Stunden am Tag im Auge. Er muss schließlich auch mal essen und schlafen.« Vincent sieht uns mit funkelnden Augen an.

»Nur die Ruhe«, murmelt Daniel. »Lasst uns keine übereilten Entscheidungen treffen.«

»Ich stimme Vincent zu«, sagt Sami. »Wenn wir nichts tun, werden wir ohne Wasser sehr schnell schwächer. Momentan sind wir noch einigermaßen fit.«

Lizzy räuspert sich. »Ich … ich glaube, wir sollten lieber drinnen bleiben und auf Hilfe warten«, sagt sie mit niedergeschlagenen Augen. »Wir wissen immer noch nicht, was da eigentlich los ist.«

»Ich bin Lizzys Meinung«, sagt Maxime.

»Leute, hört mal zu.« Vincent hebt die Hände. Ich sehe, dass es ihn Mühe kostet, ruhig zu bleiben. »Wenn niemand Lösegeld gefordert hat, wissen sie zu Hause vielleicht nicht einmal, dass etwas passiert ist. Dann werden sie uns erst in ein paar Tagen suchen. Oder in einer Woche. Und dann sind wir bereits tot.«

Niemand sagt etwas. Ich glaube, eigentlich wissen wir alle, dass Vincent recht hat. Daniel atmet tief ein und aus. Plötzlich weiß ich, dass dies so ein Moment ist, in dem sich die Dinge für immer ändern.

»Lasst uns abstimmen«, schlägt Daniel vor. »Das ist am fairsten. Wer ist der Meinung, wir sollten Hilfe suchen?«

Sami, Vincent und Daniel heben die Hände. Maxime und Lizzy halten ihre Arme fest verschränkt.

Mir wird warm, als mir klar wird, dass alles von meiner Stimme abhängt.

So einen Tag und eine Nacht schaffe ich nicht noch einmal. Ich habe alle Hoffnung aufgegeben, dass schnell Hilfe kommt. Dass wir jemals noch nach Hause können … Es fühlt sich an wie ein Sumpf, in dem wir immer weiter versinken. Ich muss jede Gelegenheit nutzen, hier rauszukommen.

Ohne einen Blick zu Maxime und Lizzy hebe ich die Hand.

Ich höre, wie Maxime ihren angehaltenen Atem entweichen lässt. *Verräterin.*

»Gut, dann hat die Mehrheit beschlossen, dass wir Hilfe holen«, sagt Daniel leise. »Mein Vorschlag wäre, dass wir die Dämmerung abwarten. Die Wahrscheinlichkeit, unbemerkt durch den Wald laufen zu können, ist dann viel größer. Sind alle damit einverstanden?«

Es folgt eine kurze Diskussion, in der Sami sagt, er würde

lieber gleich gehen. Vincent ruft, Sami sei verrückt, er sei schließlich bei Tageslicht angegriffen worden.

Letzten Endes geben wir alle nach: Wir warten noch ein paar Stunden.

»Bietet sich jemand freiwillig an?«, fragt Daniel.

Dieses Mal geht keine einzige Hand nach oben.

»Dann losen wir.« Daniel nimmt den Notizblock und reißt ein Blatt ab. »Wer das Los mit dem Kreuz zieht, läuft nachher ins Dorf. Hat jemand einen Stift?«

Vincent schüttelt den Kopf. »Nein, aber im Wohnzimmer lag einer. Soll ich ihn holen?«

»Lass nur, ich hole ihn selbst.« Daniel steht auf. »Bin sofort zurück.«

Weißt du, was ich am allerschönsten finde? Einen Menschen allein vor einer Kamera, im Bild nur das herangezoomte Gesicht.
Was man dann sieht, ist so rein, so echt, so herzzerreißend ehrlich. Die vergrößerten Pupillen, die bebenden Nasenflügel, ein kleiner Schweißtropfen an der Schläfe. Man kann sich hinter nichts verstecken. Nicht hinter gelernten Manieren, einem Fake-Filter oder irgendeiner blöden Challenge.
Die Kamera sieht alles. Die Kamera sieht deine Seele.
Und die Kamera fällt ein Urteil.
Das sind echte Gefühle.

PLAY ▶
STUNDEN: 77

## TAPE VINCENT

**Aufnahme 1**

Also, hier spricht Vincent ... Himmel, ist das schwierig zu sagen ... Aber das hier sind vielleicht meine letzten Worte.

Ich werde das Bild noch ein wenig näher heranzoomen, dann könnt ihr mein Gesicht besser sehen.

Wisst ihr, ich dachte immer, ich wäre ein Held in solchen Situationen. Aber es ist einfach schwer, das hier, alles. Diese Scheißhütte geht mir so an die Nieren. Meine Hände zittern, seht ihr das? Mein Herz schlägt bis zum Hals, und mein Mund ist trocken. Und ich schätze mal, mein Schwanz ist auf die Größe einer Garnele geschrumpft.

Es ... es war eine Chance von eins zu sechs, dass ich das Los mit dem Kreuz ziehen würde. Und wer darf als Erster – und zieht den Kürzeren? Genau, moi ... Ich bin einfach mit schlechtem Karma geboren, aber das wusste ich ja schon.

Maxime begann zu weinen, als wäre ich schon tot, und Lizzy umarmte mich, als wäre ich ihr Freund. Ich hielt sie ein

bisschen länger fest als nötig und schnupperte den Duft ihrer Haare. Es roch vertraut.
»Ich danke dir«, flüsterte sie mir ins Ohr.

Plötzlich fühlte ich mich so scheiße.

Sami geriet ins Zweifeln und fragte, ob wir nicht lieber noch eine Nacht abwarten sollten. Daniel sagte, wir müssten stark sein und dass wir jetzt noch eine Chance hätten. Sie schauten sich mit feuchten Augen an, und es war fast ein schöner Moment, nur kapierte das keiner. Ich habe Sami in der Nacht aber nach unten schleichen sehen. *Coming out in the woods.* Sehr romantisch! Ich wüsste zu gern, was Daniel gemacht hätte, wenn aus Versehen sein Gay-Freund das Los mit dem Kreuz gezogen hätte. Wahrscheinlich hätte er das Ergebnis dann für ungültig erklärt oder so was.

Aber ich hatte das Kreuz gezogen, und niemand protestierte.

Paps, Mama, wenn ihr das hier seht ... Ich liebe euch ... Vielleicht habe ich in meinem Leben nicht immer die Dinge getan, die ihr euch gewünscht hättet, und ihr habt euch vielleicht gefragt, ob ich je in die richtige Spur käme, aber das hier mache ich für euch. Ich ... ich bin eine Kämpfernatur. Ich habe einen eisernen Willen ... ich werde hier rauskommen und dafür sorgen, dass ihr stolz auf mich seid. Und ... Und wenn ich nicht mehr zurückkomme – denkt ihr dann hin und wieder mal an mich?

Scheiße, sorry, wie schaltet man dieses Ding aus? Ich ... Ich will nicht weinen ...

# Stunden: 81

Vincent ist weg. Wir haben ihn zur Haustür begleitet und ihm in der Diele viel Erfolg gewünscht.

»Ich schätze, dass ich eine halbe Stunde, maximal eine Stunde bis ins Dorf brauche«, sagte er. »Vielleicht werdet ihr schon heute Abend hier rausgeholt.«

Ich sah an Vincents Augen, dass er wusste, dass diese Wahrscheinlichkeit eher sehr klein war.

Maxime gab ihm einen Frühstücksbeutel mit dem letzten Cracker. »Für unterwegs«, erklärte sie mit belegter Stimme. »Wir haben beschlossen, dass du ihn haben darfst.«

Vincent musste sogar kurz lächeln. »Ich weiß, wie groß dieses Opfer ist, danke.«

Schweigend starrten wir uns an. Maxime biss sich auf die Lippe, Lizzy starrte vor sich hin, und Sami nahm Vincents Hand.

»Unser Held«, sagte er. »Sei bitte vorsichtig.«

»Viel Glück«, sagte Daniel nur.

»Würdet ihr … würdet ihr zu meinen Eltern gehen, wenn mir was passiert?«, fragte Vincent. »Und ihnen mein Videotape geben? Ich habe etwas für sie draufgesprochen.«

»Ja, klar«, versprach Maxime. Sie weinte jetzt wirklich.

»Danke … und Daniel?«

»Ja?«

»Passt du gut auf alle auf?«, fragte Vincent. »Sorgst du dafür, dass ihnen nichts passiert?«

»Sicher.« Daniel klopfte ihm auf die Schulter. »Es wird Zeit, Vincent. Wir … wir sehen uns bald wieder.«

Vincent nickte und ging zur Haustür. »Merkt euch bitte, was ich gesagt habe. Wenn ich morgen Nachmittag noch nicht wieder da bin, dann … dann ist mir was passiert.«

Die Haustür ging auf, und wir traten einen Schritt zurück. Für einen kurzen Moment befürchtete ich, wir würden niedergeschossen oder irgendein Psychopath würde ins Haus stürmen. Aber es passierte überhaupt nichts. Der Wald wirkte unheimlich friedlich im Nebel.

»Ciao, Amigos«, sagte Vincent und zog die Haustür leise hinter sich ins Schloss.

Wir haben bestimmt eine halbe Stunde lang angespannt in der Diele gestanden und auf einen Schuss oder einen Schrei von Vincent gehorcht. Aber es blieb totenstill draußen. Wir hörten nur den Wind, der wieder aufgefrischt war und in Böen um die Hütte fegte.

# IV

# Stunden: 83

Seit Vincent weg ist, haben wir nicht viel mehr gemacht, als im Wohnzimmer unter den Bettdecken herumzuhängen, die wir von oben geholt hatten. Es war so kalt und feucht, dass mein Atem Wölkchen in der Luft hinterließ.

Manchmal glaubte ich, draußen etwas zu hören, und hoffte, dass Vincent mit Hilfe zurückkam. Aber jedes Mal war es der Wind. Es wurde immer stürmischer.

Maxime sitzt bestimmt schon eine halbe Stunde mit geschlossenen Augen auf dem Sofa. Sie hat den ganzen Abend noch kein Wort zu mir gesagt. Ich glaube, sie ist immer noch sauer auf mich. Lizzy liegt auf dem Boden und hat eine Decke über sich gezogen. Ihr Gesicht ist kreidebleich, und sie starrt mit leerem Blick vor sich hin. Wenn jemand sie etwas fragt, strengt es sie sichtlich an, eine Antwort zu geben.

Daniel und Sami sitzen nebeneinander am Tisch. Sami ist kurz oben gewesen, aber jetzt hockt er da, das Gesicht in den Händen verborgen, als wäre er im Sitzen eingeschlafen. Daniel hat ein Buch aus dem Regal genommen, aber noch keine Seite umgeschlagen.

Wir sind alle nicht mehr wir selbst.

Eins weiß ich ganz sicher: Ich halte das nicht mehr lange aus. Wenn ich etwas trinken könnte, ginge es besser. In meinem Kopf blitzt eine Erinnerung auf, doch bevor ich sie fassen kann, ist sie schon wieder weg. Ich bin so erschöpft, dass ich nicht mehr logisch denken kann.

»Wie es Vincent jetzt wohl geht?«, fragt Maxime.

»Ich glaube, er ist sicher im Dorf angekommen«, antwortet Sami und lächelt. »Und jetzt sitzt er wahrscheinlich bei der Polizei.«

»Okay«, sagt Maxime leise.

Ich krieche tiefer unter meine Decke. Wir haben so was wie eine stille Vereinbarung, nicht über das andere Szenario zu sprechen: dass er irgendwo im Wald liegt, verwundet oder noch schlimmer …

»Stellt euch mal vor«, sagt Sami plötzlich, »dass wir morgen zu Hause sind.«

Daniel nickt.

»Was macht ihr dann?«

»Ist das eine ernsthafte Frage?« Daniel lacht, wie man lacht, wenn man zwar niemanden auslachen will, aber die Frage seltsam findet.

»Todernst.« Sami grinst. »Wenn ich hier rauskomme, werde ich gnadenlos pauken und mein Studium schaffen. Ich habe echt so rumgeeiert. Und ich werde mit meinen Eltern reden.«

Daniel nickt wieder. Ich sehe, wie seine Finger unauffällig über Samis Pullover gleiten und darunter verschwinden. Ich beiße mir auf die Lippe und schaue in eine andere Richtung.

»Ich werde ausschlafen und danach den ganzen Tag am Handy hängen«, sagt Maxime schmollend.

Daniel zieht eine Augenbraue hoch. *Hohle Nuss*, sehe ich ihn fast denken.

Aber ich verstehe Maxime. Ich vermisse es auch. Die WhatsApps, die Insta-Posts, die unzähligen TikToks zum Durchscrollen. Das war eine Art ständige Bestätigung, dass alles in Ordnung ist und Millionen andere so sind wie man selbst.

»Und du, Anne, was würdest du wollen?« Samis Mundwinkel heben sich leicht.

»Einen Hamburger mit Fritten und eine extragroße Cola light«, sage ich, ohne ihn anzuschauen. Es gibt noch viel mehr Dinge, die ich vermisse, Dinge, von denen ich nie gedacht hätte, dass sie mir fehlen könnten. Zum Beispiel völlig normal und ohne Angst vor die Tür zu gehen oder die Selbstverständlichkeit, dass wieder ein Morgen kommen wird, ein langweiliger Schultag …

Sami seufzt, als hätte er durchschaut, dass ich nur irgendwas sage, um in Ruhe gelassen zu werden. »Okay, bekomme ich dann ein paar Fritten von dir?«

Er klingt so müde, dass ich mich sofort schuldig fühle. »Na gut, ein paar.«

»Ich werde meinen Vater nerven, wenn ich hier rauskomme«, sagt Daniel. »Und nur noch Dinge tun, die mir gefallen.«

»Ich … ich würde gern …«, stammelt Lizzy.

Es wird still, und wir schauen sie alle an. Ihre Augen sind geschlossen.

»Haben wir noch eine Paracetamol?«, fragt sie auf einmal. »Mein Kopf tut so weh, und … mir ist so schwindelig.«

Sami runzelt die Stirn. Nach ein paar Sekunden sagt er ruhig: »Wir haben noch zwei, also ja, du kannst eine haben. Ich hole sie dir gleich von oben. Du musst die Tablette allerdings ohne Wasser schlucken oder zerkauen. Meinst du, das klappt?«

»Ja«, murmelt sie.

Wir haben alle nichts gegessen und getrunken, aber Lizzy scheint es besonders zuzusetzen. Sie erinnert mich an ein Vögelchen, das aus dem Nest gefallen ist und die Hoffnung aufgegeben hat, dass irgendwann wieder alles gut wird.

»Hey, Lizzy, halt noch eine Nacht durch, ja?«, bittet Daniel. Ich sehe ihm an, dass er sich um seine Cousine sorgt. »Schaffst du das?«

Sie nickt.

»Sollen wir noch ein paar Teelichter anzünden?«, fragt Maxime. »Es ist so dunkel.«

»Wir können auch schlafen gehen«, sagt Sami. »Und für mich wäre es kein Problem, heute Nacht die Wache zu übernehmen.«

Niemand protestiert. Ich glaube, wir sind alle erleichtert, dass dieser Tag so gut wie vorbei ist.

Und dann muss es natürlich zu Ende gehen.
Es kann nicht ewig dauern.
Nichts dauert ewig.
Sie sind völlig ahnungslos.

# Stunden: 86

»Verdammt!«

Wie aus weiter Ferne höre ich eine Stimme. Ich versuche, wach zu werden. Aber ich bin so müde ... Ich kämpfe mich hoch und setze mich aufrecht hin. Das Herz schlägt mir bis zum Hals, und alles scheint sich zu drehen. Ich habe geträumt, wir wären alle tot und müssten für immer in diesem Haus bleiben. Isa war auch da, ganz grau und aufgequollen, und sie umarmte mich. »Ich habe auf dich gewartet«, flüsterte sie mir ins Ohr.

Ich stoße einen zittrigen Seufzer aus. Ich fühle mich so schlecht. Neben mir höre ich die leisen regelmäßigen Atemzüge von Maxime und Lizzy. Und dann plötzlich eine Tür, die unten laut zuschlägt, und jemand, der schreit: »Bist du verrückt geworden?«

Das verspricht nichts Gutes!

In Panik fasse ich nach Maximes Arm.

»Max! Wach werden!«, sage ich heiser. Ich erschrecke vor meiner eigenen Stimme.

»Hä? Was?«, stammelt sie schlaftrunken. »Ist es schon Morgen?«

»Nein«, flüstere ich. »Da unten ist was los.«

Ich spüre eine Bewegung, und wenige Sekunden später murmelt Lizzy: »Warum seid ihr wach?«

»Unten sind Leute«, flüstere ich.

Einen Moment bleibt es still. »Wer?«, fragt sie dann.

»Keine Ahnung …«

Wir lauschen alle drei, doch wir hören nur das Heulen des Windes. Und alle paar Sekunden ein lautes Dröhnen, das aus dem Badezimmer zu kommen scheint.

»Ob das die Polizei ist?«, fragt Maxime. »Oder Vincent?«

»Ich weiß es nicht«, sage ich. »Es klingt merkwürdig.«

»Vielleicht … Vielleicht ist Vincent was ganz Schlimmes passiert?« Lizzys Stimme klingt schwach und kopflos.

Ich versuche ruhig zu bleiben, aber meine Hände sind schweißnass. Mit langsamen Bewegungen setze ich mich auf die Bettkante. »Ich gehe nach unten.«

»Nein, Anne, bitte!«, ruft Lizzy. »Nicht nach unten gehen! Dort ist es nicht sicher!«

»Sorry, Lizzy«, erwidere ich leise. »Aber ich muss wissen, was da los ist!«

»Wer weiß, vielleicht passiert dir auch noch was!«

»Ich bin ganz vorsichtig.« Meine Stimme stockt. »Es wird alles gut, ganz bestimmt.«

Vorsichtig taste ich mich zur Zimmertür. »Bleib ruhig hier, Lizzy«, sage ich. »Es ist nicht nötig, dass wir alle zusammen nach unten gehen, pass du lieber hier oben gut auf.«

»Danke.«

»Max, kommst du dann mit mir?«, frage ich.

Es bleibt lange still. »Okay«, sagt sie dann widerwillig.

»Kommt ihr bitte schnell zurück?«, fragt Lizzy.

»Ganz schnell«, verspreche ich. »Und ruf uns, wenn was ist. Ich lasse die Zimmertür offen.«

Maxime folgt mir ins Treppenhaus.

Behutsam gehen wir im Stockfinstern die Treppe hinunter, unsere Hände umklammern den Treppenlauf.

Je weiter wir nach unten kommen, desto lauter werden die Stimmen.

»Nein, verdammt noch mal!«

»Du kapierst es nicht, ich muss raus!«

Das sind Sami und Daniel … Für einige Sekunden weiß ich nicht, was ich machen soll. Was ist denn da los? Ist was Schlimmes passiert? Liegt Vincent vielleicht da draußen? *Oh Gott, bitte nicht, lass es ihm gut gehen …*

Hinter mir zieht Maxime die Nase hoch. »I-Ich habe Angst.«

Einen Augenblick bin ich total in Panik. Dann zwinge ich mich, ruhiger zu werden. Meine Hände zittern, als ich die Wohnzimmertür aufdrücke.

Sami und Daniel stehen sich schweigend im Schein der Teelichter gegenüber. Ich kann die Spannung zwischen ihnen fast greifen. Dann bemerkt uns Daniel. »Was macht ihr denn hier?«, fragt er erstaunt.

»Wir wurden wach von dem Geschrei«, sage ich leise.

»Shit, sorry, wir wollten euch nicht wecken.« Daniel lächelt entschuldigend. »Sami und ich hatten eine kleine Meinungsverschiedenheit.«

»Ach ja?« Sami geht zu Daniel. Seine Augen sind blutunterlaufen – ob vor Schlafmangel oder vom Weinen, das weiß ich nicht. »Ich würde es eher ein lebensgroßes Dilemma nennen.«

Daniel atmet langsam aus. »Das sind deine Worte.«

»Verdammt.« Sami fast Daniel unsanft am Arm. »Wir sind seit Tagen ohne Nahrung und Wasser in dieser Hütte eingesperrt. Jedem, der nach draußen geht, passiert etwas Schlimmes. Die Wahrscheinlichkeit, dass Vincent jetzt gemütlich ein Bier an der Bar trinkt, ist nicht sehr groß. Und was will der

Herr machen? Nach draußen gehen, um ein paar Fensterläden zu befestigen … Gib wenigstens zu, dass das eine ganz blöde Idee ist.«

»Hör zu, Sami«, beschwört ihn Daniel leise. »Ich bin mir der Risiken sehr wohl bewusst … Aber ich muss das machen, weil wir sonst … noch größeren Gefahren ausgesetzt sind, verstehst du das?«

»Nein«, sagt Sami spröde.

»Wenn ich die Fensterläden nicht befestige«, fährt Daniel fort, »zerschlagen sie vielleicht das Badezimmerfenster. Der Haken, mit denen die Läden von innen festgeklemmt werden können, ist kaputt. Und wenn die Scheibe zerbricht, kann alles und jeder ins Haus kommen. Ich … Ich habe am frühen Abend jemanden am Waldrand stehen sehen, als ich überprüft habe, ob das Fenster in unserem Zimmer zu ist.«

»Was? Wen denn?«, fragt Sami scharf.

»Ich … Ich weiß es nicht.« Daniel fährt sich mit einer Hand durch die Haare, und jetzt erst fällt mir auf, wie erschöpft er wirkt. »Es sah aus wie ein Mann. In einer dunklen Jacke. Aber … Ich konnte ihn nicht gut erkennen.«

In seinen Augen lese ich eine Mischung aus Angst und Unbehagen, als würde er sich nicht trauen, uns alles zu erzählen.

»Warum sagst du uns das jetzt erst?«, fragt Sami mit rauer Stimme.

»Ich wollte euch keine Angst einjagen.«

Eine Stille tritt ein.

»Sami, ich muss das machen.« Daniel nimmt Samis Hand. »Verstehst du das?«

Ein paar Sekunden lang schauen sie sich an. Es ist einer dieser Momente, in denen sich etwas zu verändern scheint, als würde sich eine Winzigkeit verschieben.

»Okay«, sagt Sami dann und lässt Daniels Hand los. »Aber bist du bitte vorsichtig?«

»Ja, natürlich. Höchstens zwei Minuten, dann bin ich wieder bei euch.«

Wir stehen in der Diele, halb verborgen hinter der geöffneten Haustür. Weiter hinaus trauen wir uns nicht. Eine kräftige Bö bläst Blätter und Tannennadeln in den Flur. Zitternd lege ich die Arme um mich. Daniel hat eine Leiter an die Hausseite gestellt. Draußen ist es so dunkel, dass wir nur seine Konturen erkennen können.

Er klettert hoch, macht einen Schritt in die Dachrinne und verschwindet hinter dem schrägen Dach.

»Hört ihr das?«, fragt Maxime.

»Was?«, fragt Sami.

»So ein Geraschel.«

Wir lauschen angestrengt. Es ist, als wäre die Nacht plötzlich voller Geräusche. Ich höre den heulenden Wind und das Knarren der Äste. Ich lasse meinen Blick durch die Finsternis wandern. Schießt da hinten eine Gestalt weg? Bewegt sich da etwas auf dem Dach?

Maxime klammert sich an mir fest. Sie weint.

»Pst«, flüstere ich. »Alles wird gut, hab keine Angst. Das ist nur der Wind, der durch den Wald tost.«

Plötzlich höre ich oben etwas krachen.

*Wer läuft dort?* Das Geräusch entfernt sich von uns. Einen Moment später knallt es laut.

Maxime weint noch heftiger. »Was ist das?«

»Das ist Daniel, der die Fensterläden an der Hauswand befestigt«, sagt Sami tonlos. »Jedenfalls nehme ich das an.«

Maxime ringt pfeifend um Luft. »Ich w-will nach Hause. D-Das hier ist echt nicht mehr lustig …«

Aus dem Haus ertönt plötzlich ein fürchterlicher Schrei. »Neeeeeeeiiiin!«

Es heißt, dass die Welt sich langsamer drehen kann. Dass Zeit gefrieren kann. Dass ein einziger Moment ewig dauern kann. Als Isa vom Auto getroffen wurde, geschah das alles gleichzeitig. Und jetzt passiert es zum zweiten Mal in meinem Leben. Der Wind erstirbt. Die Kälte verschwindet. Mein Atem gerät ins Stocken.

Ich sehe nur noch Daniel aus dem Himmel fallen. Er sieht aus wie ein Engel – die Arme weit ausgebreitet, die blonden Haare fliegen wie ein Heiligenschein um den Kopf.

Den Bruchteil einer Sekunde später erfolgt der Aufprall. Daniels regloser Körper liegt am Fuß der Leiter auf dem Rücken, der Hals ist in einem merkwürdigen Winkel verdreht.

Maxime schreit. Sami setzt sich in Bewegung. Ich versuche, ihn am Arm festzuhalten, aber er reißt sich los und rennt zu Daniel.

»Sami, bleib im Haus!«, kreischt Maxime. »Sonst passiert dir auch noch was!«

Aber Sami scheint es nicht zu hören. Er lässt sich neben Daniel auf die Knie fallen und fühlt nach seinem Puls.

»Verdammt!«, flucht er, aber alle Kraft ist aus seiner Stimme geschwunden. »Du hast versprochen, bei mir zu bleiben! Komm zurück, bitte! Komm zu mir zurück!«

Auf einmal können mir alle Regeln gestohlen bleiben. Auch ich renne ins Freie, taub für Maximes Flehen. Keuchend bleibe ich neben Sami stehen und kämpfe mit den Tränen.

Mir wird schwindelig, als ich zu Daniel schaue. Sein Gesicht ist kalkweiß, der Mund halb geöffnet. Aus dem Mundwinkel rinnt Blut. Daniels Augen starren mich an, stumpf und kalt, als könnte er selbst noch nicht glauben, was gerade passiert ist.

*So sah Isa auch aus …*

Ich wende den Blick ab und lege Sami eine Hand auf die Schulter.

»Ist er …«, frage ich heiser.

»Ja«, murmelt er. Die Tränen laufen ihm über die Wangen. »Ich … Ich glaube, er hat sich das Genick gebrochen. Es muss auf einen Schlag vorbei gewesen sein. Vermutlich ist er ausgerutscht oder so.«

»Nein.«

Erst glaube ich, dass ich es nicht richtig verstehe, aber dann höre ich es noch einmal hinter mir.

»Nein!«

Wie ein Geist steht Lizzy in der Tür. Sie ist leichenblass, und ihre Augen sind weit aufgerissen. Sie taumelt auf Daniel zu, Angst und Grauen im Gesicht.

»Was ist passiert?«, fragt sie dennoch mit einem Hauch von Hoffnung im Blick.

»Es tut mir leid.« Ich kann die Tränen nicht länger zurückhalten. »Daniel ist gefallen. Er … Er ist nicht mehr bei uns.«

Die Verzweiflung bricht sich in Lizzys Gesicht Bahn.

»Nein«, stöhnt sie und lässt sich auf die Knie fallen. »Nein, bitte, nicht Daniel.« Schluchzend klammert sie sich an seinen Körper. »Er hat ihn umgebracht!«, schreit sie. »Ermordet!«

»Wie meinst du das?«, fragt Maxime, die jetzt auch aus dem Haus gekommen ist.

Lizzy jammert etwas Unverständliches.

»Hast du etwas gesehen?«, frage ich.

»Ich … Ich lag im Bett und habe auf euch gewartet«, sagt

Lizzy, nach Luft schnappend. »Und dann hörte ich draußen etwas ganz Merkwürdiges. I-Ich habe um Hilfe gerufen, aber ihr habt mich nicht gehört.« Sie schaut uns ängstlich an. »Ich … Ich bin zu unserem Fenster gegangen und habe es geöffnet.« Sie redet sehr undeutlich, und ich muss mich anstrengen, um sie zu verstehen. »Jemand lief über das Dach. Er … Er …« Lizzy stöhnt, als würde es sie unmenschliche Anstrengung kosten, das zu sagen. »Er schubste … Er schubste Daniel von der Leiter. Ich wollte Daniels Hand fassen, aber es war zu spät … Und jetzt ist er tot. Tot!«

Es klingt hysterisch. Ich will einen Arm um sie legen, aber sie schiebt mich mit wildem Blick zur Seite.

»Ich glaube, wir müssen rein.« Sami kommt mühsam auf die Füße. »Die Person auf dem Dach muss ja noch irgendwo sein.«

*Sami hat recht. Wenn wir noch länger hier stehen bleiben, bringen wir uns selbst auch in Gefahr.* Ich presse die Handflächen gegen meine Augen und zwinge mich, mit dem Weinen aufzuhören.

Maxime schluchzt. »Was machen wir mit Daniel?«

Einen Moment bleibt es still. »Er kommt mit uns rein«, erklärt Sami mit belegter Stimme. »Ich lasse ihn hier nicht allein zurück.«

Maximes Pupillen werden groß. »Aber … Aber wie kommt er dorthin?«

»Wir tragen ihn zu viert hinein«, sagt Sami.

# V

# STUNDEN: 101

An alles kann ich mich nicht erinnern. Ich weiß nicht mehr, wie wir Daniel hochgehoben haben oder welchen Körperteil von ihm ich festgehalten habe. Ich weiß nur noch, dass wir plötzlich alle zusammen im Zimmer der Jungs standen und Daniel auf dem Bett lag. Dass Lizzy weinend eine Decke über ihn gezogen hat und »Schlaf gut« sagte. Dass überall Teelichter brannten, wodurch es aussah, als würde er zwischen Sternen liegen.

Schließlich haben wir uns zu viert ins Wohnzimmer gelegt. Sami meinte, es sei sicherer, wenn wir alle zusammenbleiben würden. Merkwürdigerweise bin ich tatsächlich eingeschlafen und erst wieder aufgeschreckt, als Sami am frühen Morgen ins Zimmer der Jungs ging. Als er zurückkam, sagte er, Daniel sei kalt und steif geworden, und wir sollten das Zimmer lieber nicht mehr betreten. Seine Augen waren pechschwarz und tränenfeucht.

Das war vor einigen Stunden. Jetzt ist es Mittag, vielleicht sogar schon Abend … Ich habe keine Ahnung. Mit bleichen, verschlossenen Gesichtern starren wir alle vor uns hin. Wir sind Schatten unserer selbst geworden mit unseren fettigen, ungekämmten Haaren, blutunterlaufenen Augen und eingefallenen Wangen. Aber ich glaube, Lizzy ist von uns allen noch am schlechtesten dran. Seit Stunden liegt sie mit geschlossenen Augen auf der Seite, und im schwachen Licht wirkt ihre Haut aschfahl. Wenn ich nicht immer hören würde, wie sie leise ausatmet, würde ich denken, sie sei in aller Stille gestorben.

»Glaubt ihr auch, dass Vincent jetzt jeden Moment mit Hilfe hier sein kann?«, fragt Maxime. Sie redet ein wenig verwaschen und verschluckt einzelne Silben. »Ich hoffe, er bringt Wasser mit. Ich … Ich habe so großen Durst.«

»Ich weiß nicht, ob Vincent noch kommt«, sagt Sami leise.

»Warum?« Ich kann hören, dass Maxime verzweifelt versucht, die Tränen zurückzuhalten.

»Er hätte schon vor Stunden zurück sein müssen.«

»Nein!«, stöhnt sie, als wäre sie verwundet. »Er muss zurückkommen, sonst sterben wir alle.« Sie fängt nun doch an zu weinen, mit lang gezogenen hysterischen Schluchzern. »Ich will noch nicht sterben. Oh Gott, hilf mir!«

»Pst, Maxime, nicht weinen«, sage ich. Meine Zunge ist geschwollen vor Durst, und reden tut weh. »Wir müssen weiter hoffen. Bestimmt gibt es eine logische Erklärung, warum Vincent noch nicht da ist.«

»Weil er tot ist!«, schreit sie. »Wir haben ihn ermordet, weil wir ihn weggeschickt haben. Das ist alles unsere Schuld.«

Ich sehe jetzt erst, dass sie ohne Tränen weint.

»Ob die Person auf dem Dach ihm etwas getan hat?«

Erstaunt schaue ich auf. Die Frage kommt von Lizzy. Sie sitzt plötzlich aufrecht. In ihrer Wange zittert ein kleiner Muskel, und ihre Augen sind dick und geschwollen.

»Daniel war sofort tot«, sagt sie heiser. »Er hat es nicht gespürt. Eigentlich ist es durchaus eine schöne Art zu sterben, sich das Genick zu brechen.«

»Stopp, Lizzy!«, stößt Sami tonlos aus.

»Ob er … Ob er nach unten geschaut hat, als er fiel? Ob er gewusst hat, was passieren wird?« Sie redet einfach weiter, wie in Trance. »Ich wüsste so gern, was er als Letztes gedacht hat. An … an wen er gedacht hat.«

»Könntest du bitte damit aufhören?«, schnauzt Sami. »Du hast sie wohl nicht mehr alle.«

Sami gehört nicht zu den Menschen, die schnell brüllen, wütend oder unfreundlich gegenüber anderen werden. Deswegen ist es umso schockierender, wenn er es doch tut.

Ich sehe, dass Lizzy die Tränen in die Augen springen. »Sorry, aber ich muss die ganze Zeit daran denken«, bringt sie keuchend heraus. »Er fehlt mir so.«

»Mir auch«, sagt Sami nach einer Weile. Er klingt wieder ruhiger. »Vielleicht verhandelt die Polizei gerade mit unserem Entführer. Und deswegen dauert es ein wenig länger.«

Ich weiß, dass er das für Lizzy und Maxime sagt, damit sie auch etwas ruhiger werden.

»Okay«, sagt Lizzy und zieht die Nase hoch. »Hätten wir nur Wasser. Und wenn es nur eine halbe Tasse wäre.«

Sami lächelt freudlos. »Mit einer halben Tasse könnten wir eine einzige Person retten. Das wäre eine schwierige Wahl, meint ihr nicht?«

Schweigend starren wir einander an. Maxime beißt sich auf die Lippe, Lizzy reibt sich die Augenwinkel, und Sami starrt mit niedergeschlagenem, leerem Blick vor sich hin.

Ich kann das nicht länger mit ansehen und verberge mein Gesicht in den Händen. Ich habe so großen Durst. Und mir ist so schrecklich kalt. Am liebsten würde ich mich hinlegen und aufgeben.

Sekundenlang bleibe ich so in der dunklen Welt meiner Hände sitzen. Das Dunkel bewegt sich, dreht sich, und ich sehe Dinge, die ich nicht mehr wusste, als würde mein Gehirn sich schon verabschieden.

Dann fängt mein Schädel an zu klopfen und zu schmerzen, und meine Gedanken kreisen. Es gibt so viele Dinge, die wir in unserem Leben vergessen …

Schwankend stehe ich auf. »Ich … ich gehe kurz nach oben, etwas holen.«

»Was denn?«, fragt Maxime mit geschlossenen Augen.

»Einen Pulli, mir ist kalt.«

Mit verkrampften Muskeln gehe ich in den Flur. Sie achten kaum auf mich. Als die Wohnzimmertür hinter mir zufällt, renne ich los, die Treppe hinauf.

PLAY ▶
STUNDEN: 101

## TAPE ANNE

**Aufnahme 1**

Ich konnte einfach nicht mehr länger unten bleiben bei Lizzy, Maxime und Sami ... Ich habe Angst. Vielleicht mehr Angst als je zuvor in dieser Hütte. Weil mir plötzlich klar wird, was wirklich schiefgehen kann.

Ich ... Ich habe Angst vor uns.

Erst wollten wir einander helfen. Aber jetzt denken wir nur noch an uns selbst.

Wir haben uns in Monster verwandelt. Oder vielleicht sind wir endlich wir selbst geworden, das hängt davon ab, wie man es betrachtet ...

# Stunden: 118

Ich wache auf. Graues Tageslicht schimmert zwischen den Vorhängen durch. Für einen Moment glaube ich, ganz allein zu sein, und spüre die blanke Angst aufsteigen. Aber dann sehe ich Maxime und Lizzy neben mir. Sie schlafen noch. Heute Nacht war es unvorstellbar kalt. Wir haben alle Decken und Bettdecken, die wir finden konnten, ins Wohnzimmer geschleppt, die Handtücher, Pullover, alles. Und wir haben uns dicht nebeneinandergelegt. Aber mir wurde einfach nicht mehr warm. In mich ist eine Kälte gekrochen, die nicht mehr weggeht.

Ich drücke mich ein wenig hoch, um zu schauen, wo Sami liegt, aber seine Matratze ist verlassen. Vielleicht ist er ja doch bei Daniel ... Mit einem Seufzer lasse ich mich wieder zurückfallen. Ich habe in dieser Nacht kaum geschlafen. Es war so still und dunkel im Haus, fast unwirklich. Ich war ziemlich sicher, dass wir nicht allein waren. Dass alle Schatten im Zimmer uns beobachteten.

*Wir haben alle die Regel gebrochen. Wir waren alle im Freien ...*

Ich habe meinen Kopf im Kissen vergraben, um die Dunkelheit im Zimmer nicht mehr zu sehen, aber das aufgeschreckte Gefühl blieb. Jedes Mal, wenn ich einen Augenblick einnickte, kam derselbe Traum zurück. Ich lief durch den Wald. Ich hörte Vincent schreien. Ich rannte zu ihm und sah ihn zwischen den Bäumen stehen, von langen Schatten umgeben. Er stöhnte, flehte und jammerte vor Schmerzen. »Vincent, du musst fliehen!«, rief ich. »Los, komm zu uns, hier bist du sicher.« Aber als er sich umdrehte, war es nicht Vincent, sondern Daniel, und er war schon tot. Dieser Albtraum verfolgte mich überall im Schlaf.

Ich ziehe meine Decke noch höher. Ich habe keine Lust aufzustehen, das graue Tageslicht sticht in meinem Kopf, und alles tut weh.

Maxime liegt still neben mir auf der Seite. Ihre Haut ist stumpf und gelblich. Ihr Atem riecht ein bisschen seltsam, nach Nagellackentferner. Ich höre Lizzys schweren Atem auf der anderen Seite. Sie ist noch im Tiefschlaf.

Plötzlich schlägt Maxime die Augen auf.

»Hey, du bist wach«, sage ich leise.

Sie nickt. Wie eine Raupe kriecht sie ein Stück aus ihrer Bettdecke.

»Ich traue mich nicht mehr zu schlafen«, flüstert Maxime. »Ich habe solche Angst, dass ich dann nie wieder die Augen aufmache.«

»Bitte, Max, sag doch so was nicht.«

»Ich will es wissen, wenn ich sterbe, verstehst du das?«, sagt sie mit hoher, panischer Stimme.

Ich lege mir den Zeigefinger auf die Lippen und deute auf Lizzy. *Pst, sonst weckst du sie.*

Maxime lässt den Kopf hängen. »Ich musste heute Nacht plötzlich an ein Projekt für Sozialkunde denken. Nach den Herbstferien muss ich es abgeben. Ich stehe da jetzt gerade bei einer Vier … Kannst du dir vorstellen, dass ich mir darüber einen Kopf mache? Wen interessiert das denn noch? Unser altes Leben gibt es nicht mehr.«

Ich verstehe, was sie meint. Es gibt nur noch das Hier und

Jetzt. Das füllt meinen Kopf vollständig und schiebt alle Erinnerungen und die Hoffnung auf die Zukunft beiseite.

»Anne … würdest du meine Hand halten?«, fragt Maxime kaum hörbar.

Ich räuspere mich. »Äh ja, natürlich.«

»Und wenn du glaubst, dass ich nicht mehr atme, würdest du … würdest du mir dann die Hand drücken, damit ich wach werde?« Maximes Stimme bricht.

»Versprochen.« Schnell wische ich eine Träne weg, die mir über die Wange rollt.

Unsere Finger verschränken sich. Es ist lange her, dass wir so eng miteinander verbunden waren.

# Stunden: 124

Stunden später schlage ich die Augen wieder auf. Wie kann das sein? Ganze Zeitabschnitte fehlen. Und manchmal bin ich an einem Ort, an dem ich schon sehr lange nicht mehr war. Es ist, als würde ich mich aus meinem Körper lösen und mich schwebend von der Kälte, der Finsternis und dem Schmerz entfernen. Dann bin ich plötzlich zu Hause. Nicht dem Zuhause von vor ein paar Monaten, wo der Kummer in allen Zimmern hing, sondern dem Zuhause von früher. Als es noch eine Zukunft gab. Ich gehe in Isas Zimmer. Sie liegt auf der Seite und schläft, die Haare über dem Kissen ausgefächert. Sachte lege ich mich neben sie, den Bauch an ihrem Rücken. Ich kann den Duft des Pfirsichshampoos riechen, das sie immer benutzt. Ich fange an zu weinen, denn ich vermisse sie. *Es tut mir leid, es tut mir so leid.* Ich schicke die Botschaft zu ihrem Körper, ihrem Herzen. *Bitte, kommst du zurück?* Sie hört mich nicht. Ich nehme ihre Hand und drücke sie sanft. Doch dann verschwindet sie, und ich bin wieder im Dunkeln und in der Kälte.

Ich schaue mich um. Maxime ist ein Stück von mir weggerollt und liegt unbeweglich unter ihrer Decke. Kurz gerate ich in Panik, aber dann höre ich ihren flachen Atem. Lizzy hat sich tief unter ihre Decke verkrochen, sie liegt mit dem Rücken zu mir. Ich höre sie weinen.

»Lizzy?«, sage ich leise. »Geht's denn?«

Das Weinen gerät ins Stocken und hört dann auf.

»Möchtest du gern reden? Über … über Daniel? Oder etwas anderes?«

Eine tiefe Stille ist die einzige Antwort.

Als ich wenig später aufwache, sitzt Sami auf einmal neben mir. Ich habe keine Ahnung, wo er herkommt. Er trägt andere Kleider, eine verwaschene Jeans und einen grauen Hoodie, den ich bislang noch nicht an ihm gesehen habe. Jetzt erst bemerke ich, dass die Vorhänge aufgezogen sind. Und irgendwie schwindet das Tageslicht auch schon wieder.

»Anne.«

»Hm«, sage ich.

»Lizzy ist weg.«

Ich muss lachen, denn es ist lange her, dass jemand so etwas Verrücktes gesagt hat.

»Anne, sie ist wirklich weg!«

Ich schaue zu der Stelle, an der Lizzy gerade noch lag. Ihre Bettdecke liegt wie eine leere Hülle neben mir.

»Verstehst du, was ich sage?« Sami fasst mich an den Schultern.

Ja, denke ich, aber hier stimmt doch sowieso nichts mehr.

»Wo ist sie?«, frage ich mit rauer Stimme.

Er lässt den Kopf hängen. »Ich … Ich weiß es nicht. Die Haustür stand offen. Ich habe sie gerufen und bin sogar ein Stück ins Feld gelaufen, aber sie ist einfach weg.«

»Nein.« Ich schüttele den Kopf, eine Bewegung, die mich schwindelig macht und Übelkeit verursacht.

*Vincent.*

*Daniel.*

*Lizzy.*

*Sie sind alle nicht mehr da.*

»Anne, hör mir zu«, murmelt Sami drängend. »Wir können hier nicht mehr länger durchhalten ohne Wasser. Wir gehen gleich von hier weg.«

»Nein«, widerspreche ich. »Das geht nicht. Wir überlegen uns etwas anderes. Es … Es wird bald regnen, glaube ich.«

»Darauf können wir nicht warten, so viel Zeit bleibt uns nicht«, sagt Sami düster. »Bitte, Anne, du bist von allen hier die Stärkste.«

*Die Stärkste … Hat er das wirklich gesagt?*

»Aber wenn wir rausgehen, sind wir tot«, jammere ich. Jetzt zeigt sich mein wahres Ich.

»Vielleicht. Aber wenn wir hierbleiben, haben wir nicht die Spur einer Chance.« Er nimmt meine Hände. »Weißt du, Anne, ich bin mein Leben lang vor meinen Ängsten weggelaufen. Und das hat mich nicht sehr weit gebracht.«

»Aber ich … ich habe so große Angst.«

»Ich auch.« Er lächelt mich an. »Vielleicht kommen wir nicht weiter als bis zum Feldrand, vielleicht schaffen wir es bis ins Dorf. Ich habe keine Ahnung, auf was wir treffen. Aber ich weiß, dass wir es versuchen werden.«

Aber ich traue mich nicht. Ich bin die Schwächste.

»Ich weiß von dir und Daniel«, sage ich.

Er nickt, und in seinen Augen lese ich Kummer. »Das finde ich gut.«

»Willst du nicht bei ihm bleiben?«, flehe ich.

»Daniel ist tot, Anne«, erwidert Sami leise. »Ich … Ich liebe ihn, aber ich habe ihn verloren. Meine Zukunft liegt außerhalb dieser Hütte. Und deine auch.«

Ich kann meinen Blick nicht von seinen dunklen Augen lösen. Von seiner traurigen, aber entschlossenen Haltung. Wenn er jetzt sagen würde, dass er auch mich liebt, würde ich mit ihm gehen.

Aber er sagt nur: »Ich packe ein paar Sachen zusammen für unterwegs.«

# Stunden: 126

»Anne, Hilfe, ich ersticke!«

»Was?«, stammele ich und versuche zu verstehen, was da los ist. Passiert das tatsächlich? Es ist so unwirklich, dass ich hoffe, es ist ein Traum.

Maxime kauert auf allen vieren und übergibt sich. Brauner Schleim. Immer wieder steigt eine neue Welle auf. Spritzer auf ihrem Gesicht und meinen Armen. Ein feuchter, brauner Fleck auf ihrer Matratze.

Sie bebt am ganzen Körper, bis nichts mehr hochkommt. Keuchend lässt sie sich auf ihre Matratze fallen.

»Hilf mir«, sagt sie noch einmal. »Lass mich … bitte nicht allein.«

Weinend kuschele ich mich an sie. Sie ist nicht warm, sondern kalt, und ich weiß nicht, was ich machen soll. Ich fange an zu reden. Sage alles, was mir so einfällt.

»Weißt du noch, wie wütend du damals in der Schule auf ein Mädchen wurdest, das mich gemobbt hat?«, flüstere ich. »Du hast sie fast zusammengeschlagen. Die ganze Schule hat darüber geredet. Und dann das Mal, als du mich zu einer Party mitgenommen hast, auf die ich nicht eingeladen war, und du zu dem Jungen am Eingang sagtest, ohne mich würdest du nicht reingehen?«, fahre ich fort. Es ist, als würden die Worte ganz von selbst aus meinem Mund strömen. »Er hatte einfach Angst vor dir.« Ich hole tief Luft. »Weißt du, Max … Ich wollte so gern so sein wie du. Aber das habe ich nie geschafft.«

Die eintretende Stille scheint ewig zu dauern.

»Ich … Ich dagegen war immer auf dich neidisch«, sagt Maxime dann. Ihre Stimme zittert und ist sehr schwach. »Du bist immer … du selbst geblieben. Ich konnte dir immer vertrauen.«

Ich schlucke, und es tut weh im Hals. Wer wir früher waren, scheint plötzlich so lange her.

*Es tut mir leid, dass ich dich vergessen hatte*, flüstere ich im Stillen.

*Es tut mir leid, dass ich vor allem an mich dachte.*

*Aber ich konnte nicht anders. Bist du böse auf mich?*

Nach einer Weile höre ich eine Stimme in meinem Kopf: *Meistens kommt Bedauern zu spät. Auch bei Isa …*

Maxime verbirgt ihr Gesicht an meiner Schulter. »Ich bin so müde …«, stammelt sie. »So kalt …«

»Pst«, sage ich, »alles wird gut.« Unaufhörlich fließen mir die Tränen aus den Augen, tropfen mir in den Mund, fallen auf Maximes Haare.

Ich höre, wie sich ihre Atmung verlangsamt.

*Bleib bei mir!* Ich will es schreien. Ich will sie schütteln, damit sie mich nicht allein lässt. Aber ich tue es nicht.

Sie schläft.

# Stunden: 127

»Kommst du mit?«

Samis Gesicht schwebt über meinem Kopf, und ich muss ein paarmal blinzeln, um scharf zu sehen.

»Komm«, sagt er und streckt mir eine Hand entgegen. Vorsichtig zieht er mich hoch.

Meine Beine zittern, und ich muss mich sehr anstrengen, nicht zu fallen.

»Ich habe ein paar Sachen in einen Rucksack gepackt.« Er keucht vor lauter Anstrengung, doch er lächelt mich trotzdem an.

»Ich will nicht weggehen.«

»Wir müssen aber. Nicht weinen, Anne. Willst du noch etwas mitnehmen?«

Ich schaue zu Maxime. Sie liegt reglos unter ihrer Bettdecke. Ihre Haut ist kreidebleich, und ihre Augen sind nicht ganz geschlossen, als würde sie im Schlaf zu uns hinüberspähen.

Plötzlich habe ich furchtbare Angst, dass ich sie nie wiedersehen werde.

»Sami und ich holen Hilfe«, sage ich leise. »Wir … Wir kommen schnell wieder zurück.«

Sie reagiert nicht.

Sami bückt sich und legt eine Hand auf Maximes Stirn. Ich sehe, dass er erschrickt.

»Weck sie nicht auf«, bitte ich ihn. »Sie war sehr müde. Sie schläft jetzt.«

Er starrt mich an, die Augen voller Tränen. Dann nickt er. »Ja, sie ... sie schläft. Ich lege noch eine Decke über sie, damit ihr nicht kalt wird, okay?« Vorsichtig zieht er meine Decke über Maxime.

»Danke«, murmele ich.

»Es wird Zeit, Anne.«

Ich weiß es, und ich folge ihm. Bei jedem Schritt, den ich mache, fürchte ich, dass etwas oder jemand zum Vorschein springen wird, um uns zurückzuhalten. Aber es passiert nichts.

Sami öffnet die Haustür. Bäume, Sitzkuhle, Feld. Alles sieht noch genauso aus wie bei unserer Ankunft. Aber trotzdem ist es eine andere Welt geworden. Vielleicht haben wir uns ja verändert.

»Wir bleiben im Schutz der Bäume und laufen in Richtung Dorf, das ist unsere beste Chance«, sagt Sami und betritt den Garten.

»Aber wenn wir diesem Mann begegnen?«, frage ich heiser. »Wenn ... Wenn er plötzlich vor uns steht?«

»Dann halte ich deine Hand«, sagt er.

PLAY ▶
STUNDEN: 85

## TAPE DANIEL

**Aufnahme 3**

Okay, vielleicht ist es ja nett, mit einer Frage zu enden. Glaubst du mir, wenn ich jetzt erzähle, dass die Welt vor deinem Fenster nicht mehr existiert, weil es eine fürchterliche Katastrophe gegeben hat? Nein, natürlich nicht. Wahrscheinlich erklärst du mich für verrückt und machst schleunigst mit dem weiter, womit du beschäftigt warst.

Und glaubst du mir dann, wenn ich dir erzähle, dass du schon seit Tagen ohne Nahrung und Wasser in einer Hütte hockst, obwohl du einfach ins Freie hättest gehen können, wann immer du wolltest? Nur hast du es nicht getan, weil du glaubtest, dass draußen etwas ganz Schlimmes passiert sei ...

Es hat so gut funktioniert! Noch ein paar Stunden, und alle wissen es. Sie haben wirklich keine Ahnung. I am so fucking brillant!

Leider sieht mein Vater das ganz anders. Ich zeige ihm den Stinkefinger. Arschloch! Schon seit meiner Geburt hält er mich für einen Fehlschlag. Nichts, was ich tue, ist ihm gut genug, und er findet, dass ich immer die falschen Entscheidungen treffe. Ich kann seine Verachtung regelrecht spüren.

Jetzt sieht er endlich einmal, was ich kann. Vielleicht ist er sogar stolz auf mich. Okay, nicht übertreiben, Daniel, Letzteres ist nicht sehr wahrscheinlich. Aber ein wenig Bewunderung wird er wohl doch empfinden. Er weiß, wie es läuft. Das ist schließlich sein Fachgebiet.

Es heißt, dass die besten Ideen aus heiterem Himmel entstehen, in einem Moment, in dem man sie nicht erwartet. Das stimmt. Ich saß in einer stinklangweiligen Vorlesung über Verhaltensexperimente. Dabei bin ich fast eingepennt, vielleicht auch, weil ich am Abend vorher zu viel gesoffen hatte mit Sami ... Während ich den Dozenten irgendwo in der Ferne über ein sozialpsychologisches Experiment mit dem Namen *The Third Wave* reden hörte, hatte ich plötzlich einen Kurzschluss im Hirn. Das war fast wie eine außerkörperliche Erfahrung. Ich sah auf einmal vor mir, wie relevant und aktuell das war – und was ich damit machen konnte!

Menschen sind geradezu süchtig nach Reality-TV. *Der Maulwurf, Expedition Robinson, Love Island, Big Brother* – such es dir aus, und es existiert. Aber letzten Endes ist doch alles Fake. Weil die Teilnehmer wissen, dass eine Kamera auf sie gerichtet ist. Das sind keine echten Gefühle.

Aber jetzt stell dir einmal vor, dass die Teilnehmer nicht im Vorhinein wissen, dass sie bei etwas mitmachen, wie im Experiment von *The Third Wave.* Dass man eine Gruppe von

Menschen irgendwo hinbringt und sie allmählich glauben macht, etwas ganz Schlimmes sei passiert. Und dass man dann schaut, wie sie reagieren. Als Individuum und als Gruppe. Dieses Mal sind sie sich keiner Kameras bewusst. Alles, was sie tun, ist echt.

Ich wusste einfach, dass ich mit dieser Idee Gold in den Händen hielt. Das wollen die Leute sehen. Das sprengt Grenzen. Das lässt einen über die Welt nachdenken, über einen selbst in dieser Welt ...

Dann musste ich natürlich noch einen Termin bei einem großen Fernsehsender oder einem Streamingdienst bekommen. Und all diese Blender wollen natürlich im Leben keinen Termin mit einem neunzehnjährigen Biologiestudenten vereinbaren – es sei denn, sein Vater ist Chef eines riesigen Medienunternehmens, das schon Dutzende erfolgreicher Formate umgesetzt und ins Ausland verkauft hat.

Thanks, Pa, zum ersten Mal in meinem Leben, auch wenn du keine Ahnung hast, was ich so alles getrieben habe.

Letzten Endes war Netflix Niederlande am meisten zu begeistern. Sie fanden die Idee spannend, blabla, aber um es wirklich in die Produktion aufzunehmen, müssten noch eine Menge juristische und ethische Dinge geklärt werden, blabla, und sie bräuchten natürlich einen Pilotfilm. Aber dann wären sie wirklich hochgradig interessiert.

Ich konnte ja schlecht für eine halbe Million einen Pilotfilm drehen. Einen Tag lang war ich völlig niedergeschmettert. Und dann sah ich auf einmal, wie es doch zu realisieren wäre. Ich musste einfach einen Pilotfilm erstellen, ohne viel Geld dafür zu investieren ...

Als Erstes habe ich die abgelegenste Hütte gemietet, die ich im Internet finden konnte. Der Vermieter war froh, endlich einen Mieter zu haben. Das Haus sei ein wenig renovierungsbedürftig, meinte er, und ob ich das schlimm fände? Mir schien es perfekt. Die Teilnehmersuche lief fast von selbst.
Dass Sami mitgehen würde, war logisch, er ist mein bester Freund, und ich liebe ihn so sehr, dass es wehtut. Lizzy rief mich zufällig an, und als sie hörte, dass ich in den Herbstferien in eine Hütte fahren würde, flehte sie mich an, mitzudürfen. Ich habe erst Nein gesagt, aber sie wollte so gern, dass ich mich schließlich nicht mehr weigern konnte ... Sie kam dann selbst mit Maxime an, und deswegen musste Anne auch mit. Und da hatte ich plötzlich meine perfekte Gruppe zusammen. Sie sind alle unterschiedlich, so kann sich jeder mit jemandem von ihnen identifizieren.

Als Letztes musste ich die Hütte preppen. Ich konnte ja schlecht überall Kameras platzieren, dafür hätte ich ein ganzes IT-Unternehmen anheuern müssen. Aber ich brauchte natürlich Bildmaterial für meinen Pilotfilm. Über das Internet habe ich eine alte Videokamera gekauft, zusammen mit ein paar leeren Videotapes. Zum Glück war der Vermieter so nett, mir die Schlüssel schon einen Tag früher zu geben. Ich bin zu der Hütte gefahren, um alles vorzubereiten. Dort habe ich die Kamera in eines der Zimmer gestellt und die Tür abgeschlossen. Ich habe nachgesehen, wo der Strom abgeschaltet werden konnte (das war ganz leicht, an der Außenwand ist ein kleiner Kasten, aus dem man problemlos ein Kabel ziehen konnte) und wo der Haupthahn der Wasserleitung war (einen Tag ohne Wasser hält ein Mensch ohne Weiteres aus, und länger würde es nicht dauern).

Und dann war es plötzlich so weit. Wenn ich noch Zweifel an meinem Plan gehabt hätte, dann wären die wie weggeblasen gewesen, als alle in der Hütte ankamen. Es lief sofort wie geschmiert. Was für eine Dynamik! Was für unterschwellige Spannungen, ohne dass auch nur irgendwas passiert wäre!

Ich muss ehrlich zugeben, dass meine Hände ein wenig schwitzig wurden, als ich die Instagram-Nachricht präsentierte. Ich dachte, das glauben sie im Leben nicht. Und schon gar nicht, als Lizzy so verstimmt und widerspenstig reagierte. Aber plötzlich kippte die Stimmung. Der kleine Zweifel, der gesät war, wuchs und wuchs und wurde zur neuen Wirklichkeit. Man konnte praktisch sehen, wie alle Beteiligten die Welt allmählich aus einer anderen Perspektive betrachteten.

Aber es war fast noch faszinierender zu sehen, wie jeder eine eigene Rolle in der Gruppe einnahm. Die Leichtgläubige (Maxime, sorry, ich werde dich wirklich nie auf eine unbewohnte Insel mitnehmen, du hast mich schon nach einem einzigen Tag in dieser Hütte mit deinem hysterischen Gejammer in den Wahnsinn getrieben), die Verweigerin (Lizzy, ich bewundere deine Kraft und Schärfe, du solltest stolz sein auf dich – *keep the spirit, girl!*), der Beobachter (Sami, Mann, ich bin neidisch auf deine Ruhe und Freundlichkeit) und die graue Maus, die unter

Druck plötzlich zu unerwarteten Dingen in der Lage war (Anne, ich habe dich nicht einmal bemerkt, als du reinkamst, aber du warst die Einzige, die Initiative an den Tag legte).

Und weißt du, was wirklich beklemmend war? Ich glaubte allmählich auch fast daran! Obwohl ich wusste, dass es nicht wahr war. Ich war ständig auf der Hut, ich hatte Herzklopfen und sah Dinge im Dunkeln, die nicht da waren. Absurd, wie das Gehirn funktioniert!

Oh, eine Sache habe ich noch vergessen ... Es gab ein Problem. Ich brauchte natürlich Hilfe. Eine Instagram-Nachricht allein wäre nicht glaubwürdig genug. Und natürlich gab es auch ein paar praktische Schwierigkeiten; ich konnte zum Beispiel den Strom nicht abschalten, während ich selbst in der Küche saß.

Also habe ich jemanden engagiert. Einen Jungen, den ich kenne und von dem ich wusste, dass er Geld brauchte, weil er seinen Roller zu Schrott gefahren hatte. Er war sofort für den Plan zu begeistern. Für fünfhundert Euro war er bereit, sich eine oberflächliche Schürfwunde an der Schulter zuzulegen und mit dem Schweineblut, das ich bei einem Schlachthof besorgt hatte, alles noch ein wenig schlimmer aussehen zu lassen.

Aber du liebe Güte, wenn ich geahnt hätte, dass Vincent so ein Volltrottel ist, hätte ich mich um jemand anderes gekümmert. Was für ein blöder Arsch! Ich habe gerade sein Video zurückgespult. Übertreiben ist auch eine Kunst. »Ich bin eine Kämpfernatur. Ich habe einen eisernen Willen ...« Ja, klar. Wahrscheinlich glaubt er jetzt, dass er damit einen Goldenen Löwen gewinnt oder so was.

Aber ich hätte ihm echt eine knallen können, als er nachts in Lizzys Zimmer geschlichen ist und ihr das letzte bisschen Blut aufs T-Shirt geschmiert hat. Warum bei Lizzy? Ich müsste ihm danken, fand er, denn dadurch würde alles viel glaubwürdiger. Und, oh ja, ob ich vielleicht noch zweihundertfünfzig Euro zusätzlich abdrücken würde?

Ich habe gesagt, er solle aufhören zu spinnen. Stinksauer war er. Immerhin hat er sich noch an unsere Verabredung gehalten, dass er als Erster ein Los ziehen sollte (auf allen Losen war ein Kreuz, Vincent wusste also, dass er ein Kreuz ziehen würde). Aber ich bezweifele, dass er sich an den anderen Teil der Vereinbarung halten und morgen früh mit Frühstück für alle vor der Tür stehen wird. Es würde zu ihm passen, wenn er jetzt einfach schon wieder in Utrecht wäre und sich »Fuck you« denken würde.

Sei's drum. Sonst erzähle ich es eben morgen früh selbst auf eine möglichst nette Art und Weise. Ich bin so neugierig, wie sie wohl reagieren. Ich glaube, sie sind erst geschockt, vielleicht auch wütend. Aber dann werden sie es großartig finden. Da bin ich mir ganz sicher.

Ich meine, die Chance auf eine eigene Netflix-Serie, die Teilnahme an einem bahnbrechenden Verhaltensexperiment – wir schreiben hier Geschichte!

Ich mache mir nur ein bisschen Sorgen um Lizzy. Ihre Medikamente waren in ihrem Kulturbeutel. Aber ihre letzte Depression ist so lange her, und sie hat mir versichert, dass es ihr gut gehe.

Okay, Leute, ich klettere jetzt schnell aufs Dach. Bisschen blöd, aber ich habe vergessen, die Fensterläden vom Badezimmer zu befestigen, und das hatte ich dem Vermieter versprochen, falls es stürmen würde. Ich habe keine Lust, eine neue Scheibe zu bezahlen.

Ich stelle das Ding hier jetzt ab. Morgen ist der große Tag. Morgen laufe ich Hand in Hand mit Sami ins Freie. Diese Hütte hat so viel Schönes zustande gebracht.

Ich ... Ich habe das Gefühl, mein Leben fängt jetzt erst richtig an.

## TAPE ANNE

**Aufnahme 2**

Ich ... Ich konnte nicht anders.

In der Flasche aus dem Zug war noch ein kleiner Rest Wasser, den konnten wir unmöglich teilen.

Ich musste ihn einfach allein austrinken ...

Das versteht ihr doch?

PLAY ⏵
STUNDEN: 123

## TAPE LIZZY

**Aufnahme 2**

Warum ist das passiert? Warum lebe ich noch und ... Daniel nicht mehr?

Ich kann nur mir selbst die Schuld geben.

Es ging alles so schnell ... Ich lag allein in unserem Zimmer und hörte ein merkwürdiges Geräusch auf dem Dach. Ich habe nach Maxime und Anne gerufen, aber weil der Wind so heulte, hörten sie mich unten nicht. Also habe ich eben selbst nachgeschaut. Ich habe das Fenster geöffnet ... und sah einen Schatten. Ich schrie auf, dann erst erkannte ich Daniel.

Er erschrak und verlor das Gleichgewicht. Eine Millisekunde schwebte er durch die Luft, und wir schauten uns an. *Es ist nicht schlimm*, schien er mir mit dem Blick zu sagen. Ich wollte ihn noch festhalten, aber sein Pullover rutschte mir durch die Finger. Und dann verschluckte ihn die Nacht, und er fiel hinunter ...

Oh Gott, ich will das nicht mehr. Ich will nicht mehr mit all diesen Schatten leben. Ich sehe sie auch, wenn ich die Augen schließe. Ich glaube, dass ich schon mein Leben lang Schatten sehe.

Ob wohl jemand traurig sein wird, wenn ich nicht mehr da bin? Ich glaube es nicht.

Es tut mir leid.

**Ein paar Fragen an Mel Wallis de Vries über *Wer den Kürzeren zieht***

**Wie sind Sie auf die Idee für dieses Buch gekommen?**
Eigentlich trage ich diese Idee schon seit Jahren mit mir herum. Was fast niemand weiß, ist, dass ich Biologie studiert habe. Das Verhaltensexperiment *The Third Wave* wurde in meinem Studium besprochen, und es ließ mich nicht mehr los. Wie würde ich mich in einer solchen Situation verhalten? Würde ich mich auch mitreißen lassen? Oder wäre ich so gefestigt, dass ich diesem Gruppendruck gewachsen wäre? Von Letzterem war ich eigentlich immer ausgegangen …

**Wie war es für Sie, dieses Buch zu schreiben?**
Ich fand es ziemlich irre. Meistens arbeite ich die Erzähllinien vorher aus, und schon bevor ich mit dem Schreiben anfange, weiß ich genau, was in jedem Kapitel geschieht. Aber bei *Wer den Kürzeren zieht* habe ich das absichtlich nicht getan. Ich wollte »erfahren«, was mit mir als Autorin in dieser Hütte geschehen würde. Ich wollte mehr oder weniger mein eigenes Verhalten erforschen. Und das war manchmal ganz schön heftig. Ich wollte so gern die Heldin oder die Anführerin werden, aber wenn ich ganz ehrlich bin, hatte ich vor allem Angst. Und ich fühlte mich wirklich grässlich, als ich Anne heimlich das letzte Restchen Wasser austrinken ließ, ohne dass sie es mit jemandem geteilt hatte. Vor allem, weil ich es ihr nicht einmal übel nehmen konnte.

**Warum fanden Sie es wichtig, dieses Buch zu schreiben?**
Als ich nach einem Thema für mein neues Buch suchte, stieg diese Idee wieder auf. Und es fühlte sich in dieser Zeit aktueller an denn je: Wer ist man in einer Welt, die sich rasend schnell verändert und immer härter wird? Eine Welt, in der Menschen immer weniger Verständnis füreinander aufbringen können? Inwiefern lässt man sich selbst von der Meinung und den Ansichten anderer mitreißen? Und inwiefern traut man sich, man selbst zu sein?

Auch nette Menschen können sich mitreißen lassen, die falschen Entscheidungen treffen und die falschen Dinge tun. In jedem von uns steckt vielleicht eine Anne, Maxime oder Lizzy oder ein Sami, Daniel oder Vincent. Und im Vorfeld kann man nur schwer sagen, wer nun in einem zum Vorschein kommt. Und wer glaubt, sich nie mitreißen zu lassen, liegt falsch. Auch die Schüler*innen von *The Third Wave* waren davon überzeugt …

Es muss auch nicht immer zu einem Krieg führen. Es kann auch auf kleiner Skala passieren, wie in der eigenen Schule. Nicht jede Meinung über andere ist berechtigt, und nur selten ist Hass gerechtfertigt. Wie nett wir zueinander sind, bestimmen wir letzten Endes selbst. Wir haben täglich die Chance, Held*innen zu werden – oder Mitläufer*innen.

**Worum geht es eigentlich genau im Verhaltensexperiment *The Third Wave?***
*The Third Wave* war ein Experiment unter Ron Jones, Geschichtslehrer an der Cubberley High School in Palo Alto im US-Bundesstaat Kalifornien, im Jahr 1967. Bei seinen Schülern und Schülerinnen herrschte großes Unverständnis über Nazi-Deutschland und wie es dazu hatte kommen können. Jo-

nes wollte mit diesem Experiment zeigen, dass jeder und jede unter Einfluss von anderen oder in einem bestimmten Kontext dazu in der Lage wäre, Schlechtes zu tun.

Jones brachte seinen Schüler*innen zum Beispiel eine richtige Sitzposition bei und wie sie diszipliniert den Klassenraum zu betreten hatten. Später führte er den Namen *The Third Wave* ein (der auf die Annahme verwies, dass die dritte Welle in der Brandung immer kräftiger ist als die erste und die zweite), er schuf ein größeres vorherrschendes Gruppengefühl und ein diszipliniertes Ganzes. Seine Schüler*innen lernten außerdem einen speziellen Gruß, mit dem sie sich auch außerhalb des Geschichtsunterrichts begrüßten.

Schüler und Schülerinnen aus anderen Klassen schlossen sich der Bewegung ebenfalls an. Jones merkte, dass seine Klasse motiviert war und die Schüler*innen auch bessere Leistungen erbrachten als andere, die der Bewegung nicht angehörten. Mitglieder*innen bekamen auch immer mehr Aufträge von Jones, etwa ein Logo zu entwerfen und eine Fahne. Außerdem sollten sie die Ordnung in der Schule überwachen. Jones brachte ihnen bei, wie man andere als Mitglieder*innen anwerben konnte.

Nach drei Tagen hatte die Bewegung schon mehr als zweihundert Mitglieder*innen. Jones beschlich das Gefühl, dass dieses Experiment ein wenig aus dem Ruder lief, und er rief alle Mitglieder*innen am nächsten Tag zusammen. Er hatte für dieses Treffen die Wahl einer nationalen Führung angekündigt; stattdessen enthüllte er, dass die Schüler*innen Teil eines Experiments gewesen waren und dass sie – ohne es zu wissen – die

Atmosphäre der Überlegenheit nachgestellt hatten, die zur Entstehung des Nationalsozialismus in Deutschland geführt hatte.

Wusstest du, dass dieses Verhaltensexperiment schon zweimal verfilmt wurde? Der amerikanische Film *The Wave* war die erste Verfilmung 1981. Im Jahr 2008 erschien der deutsche Film *Die Welle.* Dieser Film hat mehrere Preise gewonnen und wurde vielfach nominiert. Du kannst ihn dir noch immer auf DVD anschauen. Die Netflix-Serie *Wir sind die Welle* basiert zum Teil auf *The Wave.*